爱的告别式

[日]乾胡桃 著

丁楠 译

中国出版集团　现代出版社

U0723791

目　录

序章　秘密于心

　　会场没有为新人设置特别通道，在服务人员的引领下，两人走在混杂着一般宾客的走廊里。因此，一些离开会场急着上厕所的宾客，有可能会抢先一步一睹新人的风采。

　　"大猩猩"堀内捂着裤裆，滑稽地从会场里跑出来，他本该直奔厕所，却不由得停下脚步，看着白纱素裹的新娘，愣住了。

　　"这还真是……哎呀，太漂亮了。"

　　堀内那双眼睛紧紧盯着春香不放，视线中渗出中年男性的不洁，好像两颗纳豆拉着不可视的黏丝，玷污了视线的方向。

　　春香却只是嫣然一笑，"堀内先生，还是抓紧时间比较好，再入场的时候还需要您在场——"

　　"对……说得对。"

纯白的婚纱仿佛秘藏着可以驱除一切污秽的咒术能量，黏着的视线菌丝在她面前被干净利落地斩断了。就在这时，堀内似乎想起了被遗忘的尿意，弓着身子一路小跑，只留下可笑又惹人怜悯的背影。

尿在哪儿不是尿，憋不住就往裤子里尿吧！然后再别回到会场！堀内以外的所有人也都给我尿裤子吧！管他食物中毒还是天崩地裂，把来客一扫而光，那才叫痛快！

正明对婚礼这档子事鄙视至极。

办这种事到底有什么意义？

答案他清楚得很，自然是为了婚礼的主角，唯一的主角，也就是新娘，新郎不过是主角身边负责平衡的存在。

可是春香想要这样，没办法。正明觉得换装环节也是多此一举，但既然她想展示白无垢与婚纱两套装束，他只好默默地在一旁看着，还有那愚蠢透顶的烛光仪式，也只能随她去了。

双开的大门两侧，身穿制服的男侍正恭候着主角的到来。待新郎新娘各就各位，门微微开启。司仪对此似乎心领神会，荡气回肠的声音顿时传到了走廊。

"各位来宾，在漫长等待后，新郎新娘即将再次入场！"

会场中流淌的音乐切换为俗不可耐的《婚礼进行曲》，左右两位男侍看准时机将门打开。在他们毕恭毕敬的举止背后，心里一定也觉得恶俗难耐吧。

　　会场内爆发出热烈的掌声，聚光灯照亮了今天的主角，春香的礼服则白得更为耀眼夺目。此时此刻，别说负责引导和主管人员了，就连新郎恐怕也已经淡出所有人的视线。

　　正明避开灯光的直射，眺望左右的宴席。所有人的目光都聚于一点，他们看的是新娘。有两位邻座的女宾正说着悄悄话，正明听到了谈话的内容。

　　"春香真是太美了。"

　　"我参加了那么多场婚礼，还是头一次见到这么漂亮的新娘。"

　　"平时不化妆也是个美女，但化了妆更是美若天仙。这么一比，最近那些艺人简直没法看了。"

　　"可不是嘛，直接上电视都不成问题。"

　　想必没人会把恭维话留在私底下讲，这些应该是她们发自内心的赞叹。但是正明却完全不以为然，他重新确认了新娘的侧脸。

　　正明向来不喜欢浓妆艳抹的女人。平时几乎不化妆的春香，从这层意义上讲，正是他理想类型的化身。天生丽质无须装点，拙劣的化妆只会糟蹋天然的美貌，或许是因为这种先入为主的观念吧，在正明眼中，为了穿戴白无垢而抹了浓妆的春香的脸蛋儿，是被胭脂和白粉弄脏了。然而，为了搭配婚纱改化洋妆之后——虽说比刚才的那脸白腻子强多了——粉底和口红却又肆意勾勒出了春香素颜上原本不存在的"低俗"。

　　不对，正明厌恶春香的妆容，是因为这让他想起了"她"。春香浓妆艳抹时的那张脸，和"她"实在是像极了。

　　不——这张脸才是新娘的本来面目吧。曾几何时，小心地卸下名为"无妆"的化妆后，最终露出的春香的素颜，不正是这张浓妆艳抹的脸孔吗？

　　正明看到在聚光灯以外的世界，"大猩猩"堀内蹑手蹑脚地回到了会场。纯白的礼服秘藏着可以将一切污秽驱除的咒术力量——正明刚才这样想，但他现在感到，真正需要借助这股力量屏蔽的污秽，并非来自外界，而是生于内在。准备了这套纯白的礼服，为的不就是掩盖春香污秽不堪的内心吗？

　　好不容易被礼服遮住的本性，却借着浓妆显露出来——正因为此，正明才觉得她那张脸一点儿也不美。如果保持了平日的素颜，这层虚伪的面纱不就不会被揭穿了吗？

　　照明逐一关闭，会场几近漆黑，烛火渐渐燃起，一盏又一盏。烛光仪式开始了，新郎新娘手持火苗微弱的点火器，将竖立在每张桌子中央的蜡烛依次点燃。简直愚蠢透顶。新娘一侧的来宾席中，她曾就读的东荣大学的人文学院院长端坐在那儿，研究生院的前辈们固守其左右。新郎一侧的席位中，原云工业股份有限公司的原田社长镇守着那里，堀内和工厂的前辈们环绕在他周围。

一介工厂劳工的新郎，究竟是如何虏获高才生新娘芳心的呢？司仪在婚礼的初始已经介绍过了："今年一月份，两位新人在滑雪场像被命运安排一样相遇了。"

但是，这其中有个小小的谎言，正确地说，两个人并非相遇在滑雪场，而是在市内。两男两女先在市内会合，然后驱车一同前往滑雪场，不过会场中没有哪位宾客可以指出这小小的谎言。新郎和新娘邂逅时，作为配角出场的男女二人——和新郎熟络到可以同去滑雪的男性，和新娘亲密到可以同去滑雪的女性——都没有被邀请来到婚礼现场，连邀请函都没寄过。这可以说又是一个谎言。此时正在举办的绝非是什么华烛之宴，而是虚饰之宴——一场处处是谎言的喜宴，桌子上点燃的一盏盏烛火，正是一道道小小的"谎"。

当会场里的桌子全部点上小小的火焰，新郎新娘点燃了坛上最后一根早已为他们准备好的巨大蜡烛。特大的火焰燃起，会场内爆发出更为热烈而盛大的掌声。

将小小的谎言聚在一起，新郎和新娘想要隐藏的是一个更大的谎言。

春香——没错，你到底是谁呢？真的是"内田春香"吗？

美奈子——就算我这么叫你，你也无动于衷吧。化了浓妆的你和美奈子一模一样，这你知道吗？

你真的有觉悟将这最大的谎言永远隐瞒下去吗？

正明现在无法和她直接说话，只得不断地发送意念。他想，如果能用心灵感应对话就好了。

仪式结束了，会场恢复明亮，侍者拉开窗帘，话语声如细波荡漾在客席间扩散开来。

阳光普照，白雪纷飞。

喧嚣中传来将这罕有的晴天飘雪称为瑞兆的声音，但大多数人只是将这眼前美景看得出神，口中喃喃自语。

雪只下了两三分钟，阳光却明媚依然，人们不禁怀疑刚刚眼中的飘雪不过是一时的幻视。这奇迹般的光景，发生在一九八三年十二月三十日下午两点过后，而正明和内田春香的初次见面，是在同年元月一日的夜晚。从相遇到今日的婚宴，整整经过了一年时间。

这阵飘雪，或许是神明为了让正明回忆起一年前他和春香在滑雪场看见的雪景，降下的转瞬即逝的幻影。

幻雪飞舞的现在正值冬季，一年前两人的邂逅也同样是在冬季。尽管如此，正明心中的春香却与夏日的印象紧紧相连，这也许是因为在相遇之初，正明就觉得自己和春香生活在不同的世界——自己属于昏暗冰冷的冬季，而春香来自明亮温暖的夏季。

现在回想起来，两人的谎言在那时就已经开始了。

第一章　悠然之举

正明好像是和纪藤前辈说过自己会滑雪，不过具体的情形他已经记不清了。忘年会散伙后，纪藤问他元旦放假有何打算，得知没什么安排，就说："里谷老弟，不如咱们一起去滑雪吧。"

正明对为何会受到邀请有些摸不着头脑。

"我和女朋友都是新手，所以想跟你学两招儿，就是你原来和我说的那个'唰、唰、唰'。"纪藤边说边用手比画。

正明这才想起来，他好像是和前辈说过滑雪的事，估计是酒桌上说的。想不到自己还会跟别人提起长野时代的事。

"可是……我会滑雪，但那些都是我上小学时自己摸索出来的，再说已经十几年没滑了。"

"自己摸索的就足够了，上小学时用身体学会的东西，不是那么容易忘得掉的。"

"所以说……我和前辈，还有前辈的女朋友，三个人去？"

正明记得纪藤的女友叫高田尚美，虽不曾谋面，但见过照片，也常听说她的事情。

"她听说是和你一起去，决定也带个姑娘来，是她朋友，所以咱们二对二，好好表现，你也有机会交到女朋友，怎么样？"

"我可不想交什么女朋友。"

这句说词一半是逞强，一半是真心话。男人活到二十六岁，大抵都想着和女人交往，然而正明在十几岁的时候，被如今早已过世的双亲折腾得死去活来，对人生已不抱太大希望。怎么能只为了私欲，就用自己撒手的人生去拖累别人呢？

"这样吧，那姑娘的事你随意，就我和阿尚，把你会的都教给我们，好吧？我想你也明白，就算是谈恋爱，每次出去玩都只有我们两个也没什么意思，叫上其他人还能有点新气。"

"那好吧。"

正明找不出理由拒绝前辈，他真心觉得，如果自己这种人也能在哪个方面派上用场，就随便他们使唤好了。

正明和纪藤住在公司宿舍，时间上无所谓方不方便，但两个姑娘家里各有各的情况，所以出发时间定在了元旦夜晚，计划如下：纪藤九点开车从宿舍出发，先在市内捎上两个姑娘，然后沿关越机动车道北上，于次日凌晨两点左右到达目的地苗场滑雪场，在车里将就一宿，场地开放了便去滑雪，日落前撤退，晚上十点回到市内，解散——就是这么个急行军般的时刻表。滑雪服、雪橇、雪靴，这些正明都没有，他打算等到了滑雪场再租，至于租金纪藤答应替他出。纪藤还担下了往返路上的驾驶任务，正明决定也把驾照带上，以防万一。

元旦当晚九点，纪藤开车出了龟户的宿舍，朝着第一站东日暮里的高田尚美家驶去。由于赶上元旦假期，市内路况相对良好，再加上轻车熟路，他们顺利抵达了目的地。纪藤用烟草店门口的公用电话通知尚美他们到了，然后让正明留守，自己去迎她。

穿了整身滑雪服的高田尚美，是个比正明想象的还要小巧的姑娘，和体格魁梧的前辈站在一起，好似一对父女。

纪藤清了清嗓子："呃，这位是我在公司的后辈，里谷正明；然后，这家伙就是我女朋友，高田尚美。"

"晚上好，嘿嘿嘿，初次见面。"高田尚美露出了亲切的笑容，正明不知该如何跟前辈的女友相处，含含糊糊地笑了。

"哟，小伙子挺帅的嘛！"

"就跟你说吧，"纪藤自豪地说，"长相是真男人，问题在性格上。"

看来正明在背后被说了闲话，但一想到自己的性格确实有问题，也就无话可说了。

于是，"瞧，马上把话题避开了，如果有哪个姑娘就是喜欢不爱说话的男人，我推荐正明。"

"嗯——，说不定春香还真就喜欢这种类型的。"

纪藤把尚美的雪橇固定在汽车顶架上，回到驾驶席。尚美见正明正自觉地往后排移动，叫住了他，"不行不行，把春香和'无语君'关在一起太可怜了。"然后自己坐了过去，正明只好老老实实地坐回副驾驶席。

"接下来，那位春香住哪儿？"

"目黑站，我记得离那儿特别近——"

"目黑？好吧……总之先到目黑站。"

考虑到滑雪场的地理位置，取道目黑等于绕个大远。一路上，春香，也就是内田春香成了话题的焦点。

"我们俩在大学里都是国文系的，我一毕业就进了现在的公司，但人家不一样，脑子好使，现在正读研究生呢！春香的性格特别认真，家境也不错，是个大小姐，而且还是个天然的超级美女。"

"要是真有这么好的女人，我是不是也该考虑换一个？"

"你傻不傻呀！"

正明心想，自己要是负责开车，还可以把注意力放在驾驶上，现在坐在副驾上不但没事可做，还得听后座和驾驶席之间谈论这种事，真是意想不到的辛苦。那位叫春香的姑娘是美女也好，丑女也罢，正明只求能尽快赶到目黑，请她上来调节一下车里的空气。

到达目黑站后，尚美开始指路，但中间指错了路，白白耽搁了二十分钟。纪藤最终把车停在路边，把尚美从后座上揪了下来。

"冷死啦——"

"什么都别说了，给内田小姐打电话吧，让她自己走过来，虽然对不住她，但也没别的办法了。"

打完电话，两人嘟囔着"好冷好冷"，从电话亭回到了车里，大约等了十五分钟，这回尚美主动下了车。

"来了，喏，春香——！对不起——！"

正明也连忙下了车，五十米开外的地方，一个背着雪橇的姑娘正在挥手回应尚美的呼喊。他发现姑娘怀里抱着一大包行李，便朝她跑去，那姑娘见正明朝自己跑来，也停下脚步。正明来到姑娘身边一瞧，发现"天然的超级美女"这几个字尚美用得毫不夸张。

"那个……我帮你拿行李吧，我是里谷。"

"初次见面，我是内田。"

便道上没有别人，路灯从正上方照亮了春香的身影。正明不敢仔细端详她的脸庞，不由分说把雪橇和包裹从她身上"夺"了过来，转身就走。

正明背对着春香，但她的身影就浮现在眼前，刚才那短短十几秒的片段正在大脑里鲜明地回放：随着正明越跑越近，春香的身形逐渐扩大——上半身是滑雪服，下半身是方便活动的修身牛仔裤；身高比正明略低，约一百六十厘米；黑色的短发不及肩膀；两只眼睛从睫毛的长度到黑白眼珠的配比，都像是巧夺天工的工艺品；嘴角的微笑优雅迷人；在路灯凝聚的灯光下，她的站姿似乎也散发着高雅的气质。

正明感受着背后春香的存在，迈着稳健的步伐沿来时的路往回走，视野前方，纪藤和尚美正守候在车旁。

"你好你好，初次见面，我是纪藤。"

"里谷兄，你还挺有一套的嘛！春香，好久不见。"

"初次见面，我是内田……阿尚，你也是。"春香淡淡地笑了。

相对于尚美所展现出的年轻女子特有的活力，春香的周围缠绕着一股沉静而稳重的气息。

"天这么冷，别站着说了，快上车吧。"

正明坐进副驾驶席，两个姑娘坐到后排，春香就坐在他的正后方。将雪橇固定在顶架上后，纪藤回到驾驶席，发动引擎。

"目的地苗场，出发！"

在那之后近四个小时的车程里，正明始终关注着春香。

等车开到了停车场，几个人准备入睡时，"椅背再多放倒些也没关系。"春香对正明说。然而将椅背彻底放倒这种事，正明无论如何也做不出。纪藤倒是毫不客气，把驾驶席的椅背一放到底，尚美只能埋怨他一句，"阿和，你干什么？"敲他的脑袋。如果将纪藤和尚美比作最短距离的话，车里的最远距离就是正明和春香了。

正明在这种情况下不可能睡着，他努力合上眼皮，至少让眼睛得到放松。不多时，他听到纪藤和尚美熟睡的声音，心想其他人都已经睡了，但片刻之后，耳边传来了春香的细语声，他险些停止呼吸。

"里谷先生，您还没睡吧？"

该怎么回应她呢？正明犹豫不决，只有时间流淌而过，声音溃散在喉咙深处，结果他只是点了点头。

"看看外面的星星吧，可美了。"

坐在正明的位置上，越过风挡玻璃只能看到低矮的天空，那里没有漂亮的星星。他寻着背后春香的气息将脸贴近侧窗，透过玻璃仰望夜空，满天的繁星正眨着眼睛。

星光散落的夜空是如此美丽——正明对这片星空曾是那么熟悉。上小学时，他常趁半夜溜出家门，去野外过夜。那时与他亲近的星空，自从他来到东京后便渐渐疏远了它。

春香后来没再说话，但正明知道她一直没睡，因为他能感受到她营造出的氛围，他觉得该说些什么，可又不知能说什么，就这么迎来了清晨。

虽然整夜未眠，正明却有种不可思议的感觉，觉得自己好像刚从梦中苏醒。

　　纪藤不怕跌倒、勇往直前的决心有了收获，不过一个小时的工夫，眼看他滑得越来越好。春香曾和家人一起滑过几次雪，但是当正明看到她优雅地完成了一个双板平行转弯时，他发现自己已经没有东西可以教给她了。

　　问题在于高田尚美，她在缓坡上已经相当吃力，而且不会转弯。正明决定先在练习场里手把手教她相对简单的半制动回旋。

　　"那我和春香去挑战上面的滑道喽，里谷老弟很会教的，阿尚你肯定能学会。"

　　"真的？哦耶！那个……给你添麻烦了，里谷兄。"

　　"没什么，我觉得你的感觉还不错，只要能克服对跌倒的恐惧，问题不大。"

　　"不过说实在的，今天的天气真不错！"尚美伸了个大大的懒腰。

　　元月二日的滑雪场上空晴空万里，赶在头一批进入的练习场还很空旷，雪面上闪烁着耀眼的白光。室外的气温相当低，但由于几乎无风，人裹在滑雪服里暖得微微出汗。

　　"一定是有什么人功德圆满了。"

　　终于，正明说出了一句玩笑话。

　　"里谷兄也没有传说中那么不爱说话嘛。"

不过，这也是考虑到了尚美是前辈的女友才有的表现。如果事先知道对方有恋人，就不必在意男女关系的问题，也就没什么好紧张了。再说，如果对她太过冷淡，在前辈那里也说不过去，所以想着总得说点什么——别看这样，正明已经尽力了。

"话说回来，你觉得春香怎么样？"

两男两女一同出游，纪藤和尚美又是情侣，会聊到这种话题十分正常，但对正明来说，春香不是一个能用这种眼光去看待的存在。

"长得漂亮，气质独特。"

正明毫无遮掩地说出了自己的感受，然而，这句话就像是普通人在谈论艺人时所给出的评价，带着距离感。

"是不是想说，要是能和她交往就好了？"

"这……还真没想过。"

在这儿说的话，过后都会由她带给本人吧——正明在和尚美交谈的时候，最在意的就是这个。

"她没有对象？"

"邀她滑雪时我特意问过了，说是没有。"

真的吗？这种级别的美女——但正明转念一想，有些时候，美貌也的确无法成为恋爱中的有利条件。

"我觉得春香和里谷兄，挺合适的。"

"怎么可能，我们根本生活在不同的世界。"正明顽强地否定着。

先被强加一个不现实的希望，到头来再被夺去，没有什么比这更痛苦了，所以这种希望还是从一开始就没有的好——这种程度的常识，正明已经有所领悟了。

"可是，到了现在也没有恋人，说明她在目前生活的世界里找不到合适的对象，不是吗？所以反过来说，正因为生活在不同的世界，才有可能成功。"尚美好言相劝，不肯放弃。

"但是再怎么说，像我这种高中毕业、在木工所上班的工人——"

有着学历情结的正明，即使把春香的美貌放在一边不作考虑，也不认为自己配得上一个在读研究生的姑娘。他本打算把这想法说出来，却词穷了——他明明记得有个形容"学术世界"的专有名词，可是话到嘴边却想不起来。

"我认认真真读了四年大学，也算是拥有本科学历，不过说实话，我常常觉得高中毕业就出来工作的阿和，比我脑子好使多了。"

尽管如此，正明还是认为学历这东西，有总比没有强。为了把话题从自己的情结上岔开，他向尚美询问刚才那个没能想起来的字眼。

"对了，那个词怎么说来着？那些在大学里做研究的人，好像叫作活在什么里的人，就是中间那个部分，我刚才怎么也想不起来。"

"呃，'白色巨塔'？"

"原来如此……不对吧，我记得这个词指的是医院。"

"哦，对，白色巨塔是医院，你想说的不是这个，我明白你的意思，没错，好像是叫作活在什么里的人……想不起来了。"

事后，正明记起来那个词应该是"象牙塔"，但在当时，这件事就这么不了了之了。自己只有这么点脑力，不可能配得上春香。通过和尚美的对话，只有这个念头牢牢刻在了他心里。

为了教会尚美将重心置于体侧的方法，正明举出了穿着袜子在光滑的木地板上滑行的例子，这么一来，她总算掌握了转弯的窍门。但害怕加速屁股着地的毛病，尚美怎么也改不掉，但是在不易提速的缓坡上，她已经能够有意识地挑战将雪橇并在一起滑行的姿势。

"滑雪挺有意思的。"

当姿势变得有模有样了，尚美发表了如上感想，于是正明也觉得自己的教学有了回报。纪藤和春香，算上等待升降机的时间，每隔三十分钟才在初学者滑道露一次面，而每次下来都能听到尚美说自己大有进步，他们也很惊讶。

"厉害厉害，里谷老弟你果然会教！"

纪藤称赞了正明，春香却只夸尚美有进步，没有直接和正明说话。

"虽然时间还早，咱们先去吃饭吧。"

纪藤大概是想避开高峰时段吧，然而餐厅里早已人满为患。由于元旦放假的关系，客人们大都举家出动，结果餐厅里几乎座无虚席，队列前进得也非常缓慢。纪藤和尚美这对恋人小别重逢后聊了起来，正明和春香排在他们后面。不说点什么便会陷入尴尬的局面，正明却没有现成的话题好讲，他侧眼看向春香，她正随着室外广播中的旋律轻轻摆动着身体。注意到正明的视线，春香说："这首是松任谷由实的《恋人是圣诞老人》。"

伴着微笑的话语是 touch & go，春香把身体交由音乐，重新回到了自己的世界当中。正明觉得这是在暗示他，不要勉强自己寻找话题，不过，这么理解怕是有些想当然。

等排到了桌位，踏踏实实地吃起饭来，纪藤对正明说："哎呀，把里谷老弟拉来真是太正确了，下午我陪尚美练习，你就自由自在地去滑吧，把上午的份儿也补回来。"

尚美听了鼓起脸说："哎，等等，你怎么把我说得好像大家的包袱一样？"

"实际上，不就是个包袱吗？"

"才不是呢，我可是大家的——呃，吉祥物？"

纪藤扑哧一声笑了出来，春香则展现出了优雅的笑容。正明也露出了自然的微笑，他切实感到，尚美在四人当中起到了活跃话题、缓和气氛的重要作用，几个人围坐在一起的时候是这样，从东京来苗场的路上亦是如此，"吉祥物"的说法并非空穴来风。

"嘿嘿嘿，哎，你看，春香和里谷兄在有些方面还真是挺像的，比如说我刚才的那句话明明很受用嘛，你们却都没笑出声来，就是这种欲笑又止的地方特别像。"

尚美的指责让正明心中一紧。春香笑不作声应该是气质使然，自己却明显是因为不幸的成长经历——一旦开怀大笑或放声大哭，父亲的拳头便会紧跟而至。在这种不近情理的家庭中成长的孩子，会不自主地压抑感情的表达，结果，就造就了现在的正明。他不愿别人拿自己被恶劣环境扭曲的卑屈笑容，和春香天使般的微笑相提并论。

出了餐厅，几个人取回支在架子上的雪橇，纪藤和尚美这一对留在了初学者滑道，正明和春香与他们分头行动。那么，自己和春香该如何是好呢？是一起滑，还是单独行动呢？现在到了必须要做出抉择的时候，总而言之，自己得和春香说点什么。

"内田小姐，怎么办？"

最终说出的却是这句话。视对方的回答而定，自己还留有"那我和你一起吧"和"那我去那边的滑道"这两种选择的余地——如果让自己选的话，恐怕已经选了后者，分头行动。

"我想上去到笄平那里……一起去吧。"

能被邀请，正明心里自然高兴，但同时心情也很沉重。

缆车上坐着六位乘客，所以就算两人不说话，也可以意会成顾忌他人的感受。尽管如此，望向窗外的正明还是姑且说了句"外面，景色不错"，而春香只是笑笑，没有回应。

等到了山顶，两人下了缆车，踏着雪橇走上滑道。这里和山下的滑道不同，人不算多，但是个个身手矫健。正明已经十几年没有站在坡度超过二十度的雪面上了，究竟自己能否像从前那样顺利滑行呢？前辈所谓的"身体应该还记得"，当真如此吗？

"我先走喽。"

话音刚落，内田春香朝着斜面一跃而出，优雅地往复于滑道的左右两端，利用折返有效地压低速度，她仿佛将白雪驯服，身姿优美动人。在坡度较缓的下段滑道，她没有采取急停，而是保持惯性滑行，直至速度消失，之后，她回身抬头望向正明。

这回轮到自己了。正明将体重前倾，溜进滑道。

他的滑法与春香大相径庭，雪橇的前端朝向谷底直线俯冲，与此同时脚跟不断左右摆动，以此实现全程制动，滑行的左右幅度不大，但速度非常之快。正明靠护膝抵消掉来自雪面的冲击，将滑道一冲到底。急停时，雪橇的边缘大幅翘起，如刀削雪面，掀起雪烟滚滚——没有比这更不像样的了，正明有意在远离春香的地方完成了急停。

春香利用微小的倾斜，悄然无声地滑近正明。那平缓的动作是她所具备的优雅，也是她人生的节律。

"相当 aggressive 的滑法呢。"春香说出了自己的感想。

正明不知道 aggressive 的准确含义，但大体能明白这一评价的倾向。

"这是我上小学时学会的'猴子下山'滑法。"

"那么……您的老家是在？"

"长野，上初中以前都在长野。"

于是春香眺望着远方的山峦，说："我和所有人都说自己生在横滨长在横滨，但其实我不是生在横滨，而是生在秋田的医院。解释起来太麻烦了，所以一并说成是在横滨。不知道是不是生在秋田的缘故，小时候每当有人和我说今天要去滑雪，我都特别开心。看着被雪山围绕的风景，心情自然就会平静下来。"

对正明来说，雪山的风景让他联想起长野时代的生活，如果非要说是喜欢还是讨厌的话，应该算是讨厌吧。冬季和夏季之中更喜欢夏季，雪山和海水浴场比较起来断然是后者更好。自己在这一点上和春香并不般配，正明默默地想着。

"还记得阿尚刚才在餐厅里说过的话吗？"春香收起了方才

的笑容，略带伤感地说，"她说，我在笑的时候不会像其他女生那样笑出声来。其实，常有人说我的感情表达贫乏。因为做不到发自肺腑地去哭去笑，我一直很苦恼。我想里谷先生也许是个和我相近的人，结果阿尚和我也是这么说的。"

"不，那一定是因为内田小姐很有教养，不轻易流露感情的教养。我的情况完全不同，应该说是为了掩饰自己丑陋的部分，经常把感情压抑在心里——"

正明少有地激动起来，反驳了春香的观点，但春香摇了摇头。

"不是的，我才没有那些所谓的教养呢。不把感情表现出来，恐怕是因为我从小到大都要观察大人们的脸色……我刚才说，自己生在秋田，其实，我的父母曾经私奔过。父亲第一眼见到母亲的时候就想要娶她，但是祖父当时坚决反对，说母亲没有教养，家境也不好，绝对不会迎娶这种女人。这也是因为，祖父是那种生于明治时代、不认可自由恋爱的老古董。于是我的父母就私奔了，在秋田生下了我。这样一来，祖父也只好承认了他们的婚事，允许他们回到横滨的老家，不过祖父和父母之间总是——另外，我父亲下面还有一个小他一轮的弟弟，也就是我的叔父。祖父当时已经决定由他来继承家业，这时候父亲回来了，所以他们之间的关系也变得微妙起来。我想，也许正是因为生长在这种家庭氛围里，自己才变成了一个不得不察言观色的孩子……这种事，我从没有和任何人讲过。"

春香说完露出了亲切的笑容，然而，正明却在心里暗自说道：正因为她觉得我是个再不会见面的人，才能说出和别人说不出的话。

"出生后不久，我就被带回了横滨的老家，按理说应该记不得什么雪景，可我就是特别喜欢，今天早上也是兴奋得睡不着觉……里谷先生在车里到最后也没睡吧？"

"是呀，所以还挺困的。"

这时，春香忽然用雪杖的尖端挑开雪橇的绑脚，将雪橇叠起来插进了滑道旁的雪堆，然后穿过防护网的裂缝，踏入了深雪区。正明还在猜想她的意图，只见春香在丛林前的雪地上仰面朝天躺了下去。新雪接住了她的体重，形成了深深的人形凹陷，她的身影埋进雪里，几不可见。

"啊——真舒服，里谷先生也躺下来试试吧。"

要是被管理员发现了，少不了一番教诲，但如果对象是春香的话，想必管理员也会网开一面吧。正明学着春香的样子卸下雪橇，踏进滑道外的雪原，试着躺在她身边。头部的积雪埋过耳朵，本应近在咫尺的春香却不见了身影。

无云的晴空之上，太阳眼看就要攀上它力所能及的最高峰。或许是海拔较高的缘故，强烈的日照让人联想起盛夏的骄阳。

雪地上残留着两人深深的足迹，正明在脑海中将它们转换为夏日海边沙滩上的脚印。

　　在正明心中，内田春香是常夏无冬的女人，从相遇那天起就绽放着盛夏的光芒。

第二章　身不由己

　　正明已经习惯了孤身一人。自打孩提时起，孤独就不是件痛苦的事。

　　他的日常生活被往返于宿舍与工厂之间所占据。在工厂做工时，不允许和他人闲谈，收工后直到就寝，也大都是一个人在宿舍的单间里度过。纪藤看正明孤伶可怜，下了工偶尔叫他一起喝酒，而正明认为，与他人的交往有这种程度就够了。

　　待在宿舍里，他基本上是在看书。对高中学历感到自卑的正明，希望拥有不输给大学毕业生的知识储备。为了习得教养，为了提高自我，独自一人的时间全部用于苦读。

　　原云单身宿舍的玄关里有一部公用的粉色电话，不过也有人拉电话线到自己房里。

　　一〇二室——正明的房间里，也拉了个人专线。母亲去世时留下的电话权，正明没有卖掉，继承了下来，并试着把线拉进了屋里。不过，能让他切身体会到专线之便的，也仅限生病请假的时候，不必出门就可以接到从工厂打来的紧急核实电话。发着高烧卧床不起，裹在被子里就能答复电话，这的确是不幸中的万幸，但除此以外，他并不觉得拉线有什么特别优势。自己拨出去的电话很少，从外面打进来的电话更是少之又少。

　　因此，一月五号晚九点过后，电话铃突然响起的时候，正明没有迅速拿起话筒，反而考虑起电话是谁打来的。铃声响个不停，五声，六声。

　　第七声时，正明终于提起话筒，却没有像通常那样问一声"喂"，而是一言不发地等对方开口，于是——

　　"喂。"

　　电话里传来了女性的声音。通过线路传来的音色有了一些变化，但正明一耳朵便听出来那是内田春香的声音。

　　"啊，我是里谷。是……内田小姐吧？"

　　"对，是我，前些日子承蒙您的照顾，您现在方便说话吗？"

　　正明不记得给过她电话号码，大概是纪藤前辈和高田尚美硬塞给她的。

　　"那个……在滑雪场，时间虽然不长，但是过得十分愉快。哦，我说的是我自己的情况。然后，我希望能和里谷先生再多聊一聊，就从阿尚那儿要了您的电话，不知是否给您添了麻烦——"

"怎么会呢，哪儿来的麻烦。"

正明条件反射式地答道。他把手上用手指代替书签夹着的书，轻轻放在了草席上。事到如今，书的后续已变得无关紧要。

"可是，其实我不怎么擅长讲电话，所以，如果能直接见面，一边吃饭一边聊天就好了。"

正明这边的情况——又如何呢？在电话里讲话不习惯，见了面说话也不擅长。但若一定要两选其一的话，自然是有春香陪伴在眼前更好。

"我，这也许有些令人难以相信，不过自己还是第一次像这样邀请别人，但是我想，如果是里谷先生的话，一定会理解我的。"

"哪里——我才是，拜托你了，我会尽力在时间上配合你。"

"那么，这周日——九日中午，行吗？"

"嗯，没问题，请问……需要开车吗？"

由于第一次见面是驾车的滑雪之旅，所以正明决定问一下。

"请问，您是有车吗？"

"啊，不，没有，我是想说，如果是以开车为前提的话，也可以去租一辆，我有驾照。"

周日恐怕纪藤前辈也有约会，不能指望开前辈的车。

“您不需要这么费心，没关系的。”

市内的话，就算没有汽车，单靠轻轨和徒步也足够了。两人约定了在涩谷的八公像前碰面，春香打来的电话就这么结束了，时长大约为五分钟。

自己刚才真的和春香说过话吗？真的约好了周日和她见面吗？

正明以为，在滑雪场和春香度过的时间是当日即逝的一场梦，他怎么也无法相信，现实中还有再续前缘的机会。

约定的时间是一月九日下午三点，而正明提前半小时已经到了涩谷站。他穿着牛仔裤和运动上衣，和正月滑雪那天没有任何区别，尽管如此，这身行头对他来说也已是竭尽全力了。

涩谷八公像前的广场，比想象中的还要人头攒动。正明守在广场一角的电话亭旁，目光始终搜寻着涩谷站周边的人潮。红灯时淤积在便道上的人潮，在信号灯变绿的瞬间一涌而出，和现实中冲上海岸的浪潮一样，周而复始永不停息。一次绿灯，有多少人穿行于交叉路之间呢？一眼望去估计有五百来人，合算下来就有数千人在短时间内从正明眼前经过。他们每个人都经营着各自固有的人生，有着自己的家人、友人、恋人。正明过着与他们无缘的生活，家人、友人、恋人，他都没有，说起熟人也只有原云工业的同僚。

正明不是第一次来涩谷了，之前他来过几次。上京之初，他曾走遍东京的大街小巷，然而现在回想起来，那不过是在熙攘的人群中寻找自己的孤独。

但是今天不一样，他有一个人约好了要见面。

内田春香早了约定时间五分钟出现在八公像前广场，身穿黑色长衣的她左右晃动着视线，从正明的位置看去，正从右往左阔步前行。

正明没有大声呼喊，他穿过人群，绕到她行进的方向上。春香发现了他的身影，脸上绽放出笑容。这是他们时隔一周的再会。

"让您久等了。"

周围的人群不容分说地将两人越推越近，正明感到喘不过气来。

"咱们先换个地方吧。"

正明转过身去，涩谷行人交叉路口的信号灯正巧变成绿色，他沿着人行横道朝人少的一侧走去，并不时留意背后，春香正紧紧地跟在后面。

自己到底在期待什么呢？眼前的希望和将来的失望往往是两件一套。尽管对此心知肚明，现在在自己心中燃起的，分明是希望的火焰。

过去的四天里，正明体味着不知何时会被背叛的惊心动魄，是距离感伴他一路走来。突然打来电话被告知"果然还是不方便……"这种情况他想象过，自己在涩谷空等而归的孤单身影，他也设想过。

迄今为止，自己一直不抱有任何希望地过着悄无声息的日子，然而，现在希望之火开始在心中燃烧。这团火焰会在何时，又会以何种形式消灭——将守望这一瞬间作为生命的目的，不也是一种乐趣吗，正明转变了看法。

穿过信号灯，来到离交叉口约百米的地方，正明停下了脚步。西武百货商店前面，远离人潮的便道一角，他面向春香，保持着比刚才稍远的距离。

"抱歉，也没有个目的就走了起来，我不习惯待在人群里。"

"我想也是，该道歉的人是我，选了涩谷这么个地方。那么，从这里往前再走一点，有一家我之前留意过的咖啡厅，可以去那里吗？"

于是他们又走了大约五分钟，来到了这家名为"安克雷奇"的咖啡厅。店内装饰沉静，上座率约有五成，客席上摆放着注满咖啡的玻璃壶，总之，这种店正明一个人是不会进的。窗边空着一张双人桌位，于是春香放下随身物品，脱下外衣，里面穿着白色的毛衣和绀色的裙子。正明对女性的时尚自然是一无所知，但总还看得出这身衣服和春香很是般配。

正明不习惯喝咖啡。香味倒还好，但他不会特地花大价钱去喝这又黑又苦的饮料。他看菜单上也有红茶，便点了这个。

春香点了咖啡。

今天纪藤和尚美都不在，自己只好和她正面相对了。正明目不转睛地看着桌子对面那张美丽的脸庞，而脸庞上那双美丽的眼睛也正在望着他。就算是正明，神经也没有粗大到可以在这种状况下始终保持沉默。

"学校开学了吗？"

为了避免冷场，正明问道。

"明天开学。"

这对话在春香看来普通得很，正明却免不了一通杞人忧天：对春香来说寒假到此为止，游玩到此为止，和自己的游玩到此为止……那就这样吧，最初认为并不存在的梦境延长，如今已变成了现实，今天就放下顾虑尽情地体验吧。

"大学和研究生院的生活，是种什么感觉？我只上到高中，对大学的生活很感兴趣。"

正明想着她可能不了解自己只有高中学历，所以铤而走险搬出了这个话题。万一自己已经全心全意地爱上了她，却由于未能及时交代，被她甩下一句"还以为你是大学毕业"扬长而去——考虑到这种情况，正明觉得唯有一搏。

然而春香说："嗯，一进大学首先感到的，就是和高中时相比，不论什么事情都相当自由。就拿安排时间来说吧，当然啦，必修课也是有的，但是可供选择的学分也很多，星期一的第一节课选这个吧，星期二的第二节课就选那个好了，像这样由自己来决定如何安排上课时间，感觉非常注重学生的自主性。"

　　以此为开端，春香条理明晰地介绍起了大学生活的情景。交谈告一段落时，正明的红茶和春香的咖啡正好端上桌来，在这改变话题的绝佳时点，这次换春香提问了。

　　"里谷先生在高中毕业后，一直在现在的公司工作吗？"

　　"不，最初是在滨松的一家——的确也是和木工相关的工厂上班。"

　　"滨松——是静冈县的滨松吗？"

　　"对，就像之前说的，上初一前是在长野的饭田市，从初二到高中毕业这段时间，上的是滨松的学校，所以就职一开始也是在当地的公司。"

　　以此为开场白，正明决定在此将自己的生平全部道尽。

　　一九五六年十二月三日，正明作为近松家的长子降生在饭田市。曾在战前拥有多数农田的近松家，在战后的耕地解放运动中丧失了大部分资产。正明的父亲近松正午自幼目睹了本家的没落，在亲戚介绍下娶妻成家时，性情已从根本上遭到扭曲，并逐渐转变为家庭内部的暴君。对妻子阿常以及与她所生的长子正明，近松正午施尽暴力，以此发泄对世间的怨气。正明十三岁那年的某天，父亲突然死了。当时的近松家，正午的母亲，也就是正明的祖母尚且在世，然而逃过正午束缚的阿常，还是带着正明离开了近松家。

离开饭田市，阿常和正明在滨松市北郊租了间公寓，开始了新生活。正明在学校里常常是形单影只，但学习还算不错，升入公立高中后也保持了相当不错的成绩，生活如此继续下去，大概能够进入一所说得过去的大学吧。然而，高三那年初夏，母亲阿常病倒了。多亏她做事务员的那家木工所的社长，在住院费和正明的生活上提供了种种帮助，正明好歹高中毕了业，却不得不放下考入大学的念头。他一边在恩人经营的木工所做工，一边照顾病床上的母亲，就这么过了两年时间，阿常终究还是成了不归人。

因母亲有保险，正明不仅还清了木工所和医院的借钱，为母亲出了殡，手上还余下三百万日元的现钱。社长挽留过他，但他没有放弃考大学的梦想，独自一人前往东京。然而，他二十岁时报考的大学全部落榜。没法厚着脸皮回去滨松，迫于生计的正明决定在市内寻找再就业的机会，当时他选择的就是现在的公司。

"当初想着哪怕上夜校，也不放弃上大学的梦想，但越学就越是搞不清楚，自己真正想要的是学历还是知识。如果只是想获取知识，只要自己有这个意向，就还有自学这条路可走，没有必要交那么多钱去上大学嘛。不过在这个社会上找工作还是要看学历。那时候自己想要的到底是什么呢？结果，这个疑问不过是自己放弃考大学的借口罢了，过了这么长时间，现在我终于明白了。"

正明推心置腹地讲了许久，春香始终没有插话，看似饶有兴致，听得入神。现在话讲完了，正明想着春香会说些什么，等她开口。

"我终于知道里谷先生强韧的秘密了。"

她首先流露出的是这么个感想。

"强韧？是说我吗？"

"是，恐怕您是我到目前为止遇到的人当中，最强韧的一位。"

正明可以领会到她所谓的强韧，并非指肉体上的，而是精神上的。当真如此吗……精神比自己脆弱的人的确大有人在，但如果说自己是最强韧的——他从来没想过会在某个方面被说成是"最强"的。

"我也经常被别人说'你很坚强呢'，但实际上，那纯粹是因为我不善于表达情绪。曾经有个人对我说，如果一个人从不感情用事，或者至少在别人眼里不会感情用事，说明这个人在精神上一定具备了相应的韧性。遗憾的是，告诉我这个道理的人也承认自己在精神上比我软弱。也许我在心里一直有所期待，希望能遇到一个与众不同的人，一个能让我感到他比自己还要坚强的人。上周，在遇到里谷先生后，我终于明白了自己的想法。"

"从一无所有的意义上讲，'对破罐破摔的承受力'这种东西我倒有可能具备。只不过这能否被称为韧性就另当别论了。"

"您母亲过世时，您哭了吗？"

春香的问题就像是在挖正明过去的伤口。别人如果问了相同的问题，正明想必会非常不快，但现在他却坦然地接受了，这大概因为对方是春香吧。

"哭了。"

"那么，之后呢？在那之后也哭过吗？"

"应该，没有……"

失去母亲后，能让正明流泪的因素可以说已经彻底不存在了，因此半年后大学入学考试落榜时，从他心底涌出的不过是近似于"其实从未抱有希望"的干涸情感。

正明在那之后的人生中极力回避结交友人、恋人，为的就是守住这份以失去一切为代价得到的"韧性"——可想而知，只有这个他无法割舍。友人和恋人，可能背叛自己，也可能先于自己离世，而自己获得的"韧性"，至少在不结交友人、恋人的前提下是不会消失的。较之人际关系所带来的安逸，将自己获得的"韧性"置于优位，这恐怕是那份"韧性"固有的倾向吧，正所谓在构造上以"韧性"来补强自身。然而春香强行挤进了他的空间里。

为了能和她成为恋人，就算放弃"韧性"也在所不惜。在得到春香这位恋人后，自己就会失去长久以来的"韧性"吧，然而事情一旦成行，被自己的"韧性"所吸引的春香，到头来反而会离自己而去。自己对春香的爱慕，在如愿的瞬间就注定破灭。

可算是看透了，这就是这次的陷阱。简而言之，在不断拒绝的过程中引来了对方的好感，然而一旦接受，好感便会云消雾散——就是这么个构造的陷阱，以"韧性"这一属性为轴心，设置在了正明身上。

事情发展下去将是命中注定无法避免的悲惨结局，而回避的手段只有一个——以今日为限，斩断和春香的缘分，回到与她相遇之前的状态，只有这样。

但是，正明并不具备自行说出"请保重吧"这句话的勇气。即便知道自己日后将身处地狱，他仍然在心中期待现状的延续。

"上次，我不是和您讲了对任何人都没有讲过的事吗？"

说着，春香将视线落在了桌子上。

"我说，我是父母私奔生下的孩子，因为成长在不和睦的家庭环境里，结果变成了一个无法表露感情的人。说了这些不可告人的事，我以为可能已经被嫌弃了，没想到里谷先生默默地接受了我，我心里别提有多高兴了，觉得自己被完全包容了。然后，这回里谷先生也和我说了自己的心里话，我想我也同样可以接受这所有的一切。如果咱们能像这样互相包容彼此的存在，并让这份关系持续下去，那该有多好啊，您说呢？"

正明心中燃烧的火焰化作了巨大的火柱喷涌而出。

"事情一旦变成那样——我就会失去内田小姐所说的'韧性'。"

正明如此措辞，把心中的疑虑诚恳地传达给了她，于是她脸上浮现出笑容。

"对女性来说，这句话恐怕是最令人无法招架的情话了，因为，这就是在委婉地说'不想失去你'啊。"

正明没有否认，虽然情话并非他表达的初衷，但自己的话中确实包含了这层意味。事已至此，他只能反省自己是个愚笨的人。

两人离开安克雷奇后，先逛了两个小时橱窗，然后在西武A座的一家叫不上名字的日式料理屋吃了晚饭，等他们再次回到涩谷站的时候，初次约会宣告结束——其间，可以讨春香欢心的话，他一句也没能说出。

在正明心里，从他在安克雷奇无心说出"情话"的那一刻起，两人已经成了恋人关系。既然男女双方已将彼此认定为独一无二的存在，成为情侣便是自然而然的事。自己再不需要对任何人有所顾忌，可以随心所欲地讨她欢心，这是别的男人做不了的，也是自己不得不做的。话虽如此，为了哄她开心实际该做些什么，又该说些什么，他却毫无头绪。

在车站临别前，他说想知道她的电话号码——既然彼此之间已是恋人，知道号码也在情理之中——却被她婉然拒绝了。

"里谷先生日复一日地往返于宿舍和工厂之间，我的生活却没有规律。研究工作时早时晚，偶尔为了田野调查还要外出旅行，所以今后的安排，比如说下次的约会，恐怕都要配合我的时间。那么就由我来约里谷先生吧，这样一来，您也可以轻松一些。"

"可是——万一临见面前得了风寒，出了状况又联络不到内田小姐，让你白跑一趟——"

"如果里谷先生没有在约定时间出现，我就再打一次电话，如果里谷先生得了风寒卧床不起，和我说因为这种情况没法赴约就好了。既然出了门，我也有想去的商店和想买的东西，里谷先生不来，我一个人办完事情就回家去，肯定不会是白跑一趟的。况且，如果把号码告诉里谷先生，我只要待在家里就会一直惦记着：里谷先生是不是该来电话了呢？我认为知道号码的一方有打电话的义务，可是里谷先生，一定不会去拨电话吧？"

要主动把电话打出去，这的确难办。不知道号码，就意味着从义务中解放出来——话说到这个份儿上，正明也就再无话可讲了。

到了下周，正明房间里的电话大致以每两天一次的频率响起。原来单方面等待电话是这么痛苦的事，他有了切身体会。

虽然也曾怀疑过不肯透露号码的春香，但是从结果来看，她是对的。今晚不会有电话打来了，于是正明一边纠结着一边钻进被窝——这种煎熬，正因为自己是强韧的男人才耐受得了。同样的事情换她去承受太残忍了，何况他也清楚，自己不是那种会每晚主动拨出电话的性格。

电话里，有时聊的是下次约会的事，有时则只是因为"想听听你的声音"，说个两三分钟就挂掉。约会则是每周一次——一月十六日、二十三日、三十日，如此反复，二月六日也约好了在银座见面。约会模式大致为先到咖啡厅里喝茶，然后去购物或者看电影，每次不尽相同，晚上一起用餐，最后在车站道别。从相识算起不过一个月时间，但两人交往得十分顺利。

就在一切都一帆风顺的时候，两人间发生了一个小小的事故，那是在二月六日，在银座约会时的事情。

六年前借着上京的机会来到银座时，正明只是觉得这条街道装模作样，让乡下人无法靠近，然而如今和春香走在一起，街上的一幢幢建筑仿佛诉说着厚重的历史，给人温馨的感觉——发着感慨的正明，正在所谓的"银座漫步"的兴头上。

这时，从对面走来一位四十岁上下，留着胡须着装考究的绅士。认出依偎在正明左肩上的身影正是春香时，男人当场愣住了。正明觉得可疑，但没有放慢脚步，就在两人擦肩而过的瞬间，男人突然一把抓住了春香的手腕。

"美奈子！你……你居然骗我！"

男人以责难的口吻如此说道。

正明不由得看向春香，她的侧脸上浮现出一丝恐惧的神情。

"等等，您怎么突然就和别人的女朋友说话呢！这样不是很失礼吗？"

正明横插在两人之间。

"您是不是认错人了，她不叫美奈子。"

"美奈子是花名，本名我不清楚，没错吧？美奈子，我没认错人吧？"

说什么花名，大概是跟某家夜总会或是舞厅的陪酒女搞混了。

"认错人了，她是研究生，可不是什么在那种店里上班的女人！"

正明怒气逼人地说道，男人先前确信无疑的眼神中旋即蒙上了疑色。

"真的……不是美奈子？怎么会有人长得和她这么像……"

男人还是一副不可置信的样子。

"歌舞伎町的 Cherir 这家店，我这么说你有没有印象？Cherir……你真的不是她？"

正明拽起春香的右手就要走，然而——

"真的有那么像吗？我和那个叫美奈子的人。"

当初的惊恐似乎已经散去，她眨着充满好奇的眼睛询问留胡须的男人。

"啊……啊……我也吃了一惊，看来是真认错人了。你们俩长得一模一样，简直令人难以相信。"

"哎，春香，走吧。"

可她还是不紧不慢的，于是正明撒开手一个人先走了。"啊，等等，真是的！"春香赶紧追了上来。

沉默地走了一阵子，等拐过一个路口两人一齐停下了脚步。

"啊——，吓了我一跳。"

"那家伙是怎么搞的！"

"一定是因为那个叫美奈子的人和我长得太像了。"

"竟然和陪酒女搞混了。"

正明的不快与愠怒尚未平息，春香倒是一副若无其事的样子。

"歌舞伎町的那家店——叫什么名字？Sherine？Sherryl？"

"喂，你不会是想去看看吧？"

正明语气沉稳，春香听了吐出舌头。

"哼哼，还真有点想去见识一下——不过，要是不怎么像就大失所望了，但如果当真长得一模一样，那我可不答应！"

倘若得知了有人和自己是一个模子里刻出来的——正明会作何打算呢？的确，没准儿也想眼见为实。这么想来，春香兴致勃勃的心情也不是不能理解。

可是，对方是做夜间买卖的女人，认错人本身就是极其失礼的事，万一两人间当真存在着非同一般的相似性——难得长得这么像，不如交个朋友吧，事情未必不会变成这样。像春香这么冰清玉洁的姑娘，不该和那种女人交往。

"我不会去啦，别担心嘛……倒是正明君，可别偷偷去了。"

反倒被她打了一剂预防针。

正明向春香发誓绝不去那是非之地——然而，誓约不久后就被打破。

事实上，如果正明没去 Cherir 就好了。只要守住了和春香的誓言——之后两人的命运也许都会发生巨大的转变。

第三章　我就是我

原云工业除了设在龟户的本社工厂外，在町田也拥有制造厂。龟户的工厂主要生产展现职人技艺的高级手工家具和定制产品，町田的工厂则负责制作产品和组装家具。

正明目前在龟户的工厂上班。刚入职那两年，他曾在町田的生产线做工，后来手艺得到赏识，被调来了本社。打那以后，他每年仍会数次拜访町田，参加技能测试和 QC（质检）报告会。

不过，二月十号这天正明前往町田并非出于公事，而是被招去参加某同事成亲的内部庆祝酒会。

从龟户到町田，乘总武线转小田急线约需一个小时，配合町田工厂的收工时间而设定的宴会开始时间，他肯定是赶不上了。

　　翌日十一号是建国纪念日，放假。尽管在原云周六仍然需要上班，但是许多企业已经导入了双休制度，对于后者来说三连休的前夕——周四下班后，在满员的电车上被穿得鼓鼓囊囊的上班族挤得七荤八素，正明发出了这天以来不知是第几次的哀叹。

　　由于职场有别，这次的酒会正明可以回绝，干事井崎也猜他多半会推掉，抱着这种心态邀请了他。

　　但正明还是决定出席，其中一个重要的理由，就是他开始对结婚这件事有了意识。

　　正明的父母已经不在了，也没有亲戚同他来往，一想到自己的婚礼，谁会作为新郎一侧的宾客出现在那儿便成了问题。为了平衡新娘一侧的人数，只能邀请公司的同僚们出席婚礼，因此诸如此类的应酬从今往后必须比以前更加认真对待。

　　他和内田春香之间，还没有发展到可以具体谈论这种话题的程度，不过对于现在的正明来说，和春香一起度过的时光已经成了他不想失去的记忆，和她分手之类的事情无法想象，今后也想和她一直交往下去——这份情意终有一天会转变成对婚姻的信念。正明从一开始就认定，结婚，是同春香交往的前提。

　　只不过，春香那边又作何打算呢？……

　　正明到达町田站时已是晚上七点多了。步行五分钟后，他来到了会场所在的居酒屋连锁店，并被领进了铺有榻榻米的隔间。

"啊，来了来了，哎，里谷来了。"

"哦，里谷你来了，呃，那边还有个空位。"

顺着井崎的指示望向屋内一角，正明不禁吃了一惊，他看见了一张比自己更难在这种场合看见的脸。与会者算上正明总共十二个人，当中有十个人都有说有笑的，只有仓持坐的那个桌角死气沉沉，而空位就在他旁边。

"少见啊，仓持。"

打过招呼，正明坐下了，仓持朝正明那边瞟了一眼，没说什么。

"呃，既然人都到齐了，咱们重新干一个吧！"

井崎带头祝酒，随后，今晚的主角增村受到指名站起来，介绍了自己与爱人从相识到结婚的经过，周围嘘声四起，看来这已经是今晚的第二次演说了。

结了婚就必须得搬出单身宿舍。婚礼、旅行、搬家，三件事凑在一起非同小可，据说增村把旅行延后了，正明在心里深表认同。设想一下，之前一直生活在不同家庭的，或者说价值观各异的两个人突然开始了共同的生活，这件事本身就已经够劳神了，在乔迁新居的同时还要——虽说婚礼作为一种仪式并非完全没有执行的意义，但婚宴和新婚旅行不过是徒增疲惫的任务，至于为何会有人乐在其中，正明完完全全搞不明白。

　　和春香交往以来，正明时常想象着和她在一起生活的情景，可是一想到婚宴和新婚旅行，除了叹息还是叹息。可能的话，真想将此类事宜一笔勾销，直接向民事局提交结婚申请，但春香恐怕不会答应吧。乍看之下，春香的性格质朴、稳重，实际却正好相反，内心深处隐藏着招摇、任性的一面，尽管只交往了一个月，但正明已经认清了这点。但凡她在约会中停下脚步的时候，视线前方必定展示有奢华的衣装首饰。还有，由于春香至今没有告诉正明她家里的电话，约会安排全部由她一人决定，惯于将自己视为主角的心态可见一斑。不论性情伪装得多么低调，出身富贵相貌惹人的她，都是个名副其实的"大小姐"。不过从龙套专业户正明的角度出发，春香的这种性格倒不如说是和自己一拍即合——可即便事实如此，自己就非得在婚宴和蜜月旅行中扮演"大小姐的跟班"这种角色不可吗？……

　　听着增村的演说，正明恍恍惚惚地进行着上述思考。

　　待大家坐定了，井崎叫来店员加点酒水。从就座到现在，正明一直关注着邻座的仓持，等新一批酒瓶端了上来，正明一边往他杯里倒酒，一边像煞有介事地问道："今天这是怎么了，仓持，我还以为你不会来这种地方呢。"

　　于是仓持用鼻子喷了股气："你还不是一样？"

　　桌子对面坐着两张陌生的面孔，想必是在正明调到龟户后分配到组装生产线的后生晚辈，两人见正明和仓持攀谈起来，明显松了口气。

对于改过自新的犯罪者，原田社长的态度向来积极，原云工业里有不少前科人士，仓持就是其中之一。当正明在町田宿舍的澡堂里头一次看到仓持右肩上雕琢的文身图案时，他着实吓了一跳，心想要尽量和这位前辈保持距离。然而，被分配到同一条生产线后，正明在实际交流中却惊讶地发现，仓持是个极其认真的人。

仓持二十一岁时，在伤害事件的缓刑期间再次引发伤害事件，最终被判处六年有期徒刑，但实际五年便刑满释放，而令他洗心革面的契机，是第二次伤害事件中的受害者因他而留下了后遗症。自从来到原云以后，仓持杜绝了一切娱乐，全部收入几乎都用于充当受害者的补偿金，别说公司的酒会了，就连泡完澡后的那罐啤酒也没见他喝过，所以正明从来不知道仓持还会喝酒。

"'刑满释放'了，去年十一月的时候。"仓持低声回应了正明的疑问。

简而言之，受害者的补偿金还清了，长久以来为别人赚的工资转眼成了自己的东西，所以想试着参加一次公司的酒会。

"你可别跟别人说。"

"嗯，我知道。"

仓持似乎把正明当作一个例外，对别人他不提这些事。在工厂时只顾闷头作业，连句玩笑话都没有，过了五点就在宿舍里一声不响地，真不知道这个人活着有什么意思——正明原先在别人眼里也是这样，或许正是因为拥有共通的生活方式吧，仓持才对正明放下了戒心。尽管正明待在房里并非单纯地蛰伏在那儿——为了入学考试他铆足了劲儿，但在旁人看来大概无所谓差异吧。

当初尚未放弃大学志向的正明，全然不认为因两次伤害事件入狱的仓持有什么可怕，或是和自己属于不同的世界。他意识到自己也有冷酷的一面，并且无法否认自己体内流淌着一半醉了便对妻子施暴的父亲的血。自己身上被施加了永远无法解除的近松家的诅咒，因此，之前哪怕有半步差池，自己恐怕也已经去监狱报过到了——若不是初一时父亲突然死了，自己早晚有一天也会以暴制暴，他是这么想的。

一个亲眼看见了黑暗世界的人，和一个或许可以算是目睹过的人。

然而，仓持痛改前非了。

而早早失去人生目标、将内心冰封的正明如今也在春香这颗温暖太阳的照耀下，准备朝向与她结婚的人生目的地奋勇前进。

正明今年二十六岁，仓持也不过三十三岁，对于找回属于自己的人生来说一点也不晚。

正明在仓持的变化中看到了自己的叠影。

酒会于晚八点结束了。

"里谷兄，意向如何？从龟户远道而来，总不能只喝一个小时吧？"

井崎邀他参加第二轮，但正明回绝了。虽然他也感觉喝得不够尽兴，但是和井崎他们待在一起，只会无谓地消耗双方的精力。

一行人中有人留下，有人归去，但移动方向均与车站相反，正明在居酒屋前挥手告别众人，然后一个人朝车站走去。

这个钟点，开往新宿的列车应该格外空旷吧，想到这儿，他买了张票。

"哎，里谷，过会儿一起去喝一杯吧。"

冷不防从背后传来搭话的声音，吓了他一跳。

"仓持……"

正明认定他百分之百回了宿舍。

"你打算直接回龟户？"

"是啊，是这么打算的，回新宿的票都买好了。"

正明把刚好从自动售票机中吐出的票拿给他看。

"新宿啊……那我跟你同路吧。"

"哎？"

"去歌舞伎町附近喝个痛快，行吧，啊？"

受到意料之外的邀请，正明困惑了。就第一轮酒会的情形来看仓持的酒品算不上差，可不管怎么说，迄今为止都不知道他会喝酒，脑海里实在浮现不出和他一起喝酒的画面，恐怕怎么也达不到酣畅的境界吧。

不过，他的心情倒也不是不能理解。好不容易找回了自己的人生，身边却没有一个能和他一同庆贺、分享喜悦的知己。

"好，那就去新宿喝酒。"

两人于晚上九点到达了新宿站东口。双休日前夜的新宿，人潮涌动，此起彼伏，令人咂舌。

"仓持，新宿这边你熟吗？"

正明刚才见他在车站里有些转向，决定一问。

"高中那个时候，来过这一片和小混混打架，说起来，来这边喝酒今天还是头一次。"

正明记得仓持的老家应该在群马县的管林一带，看来自己对这个街区多少还算熟悉，想到这儿，他先行一步通过了信号灯。汹涌的人潮逐渐散去，左右两侧的店前传来男人们招揽顾客的声音。正明他们已经进入了歌舞伎町。各家店口装饰的霓虹灯和街道上明晃晃的看板彰显出了欢乐街特有的扎眼姿态。

正明回身确认仓持是否跟了上来，结果倒吸了一口气。

仓持的眸子里闪着光，平时已显凶煞的眼神，如今为了搜索猎物变得更加锐利。

“你不要紧吧？”

“什么意思？”

“打架的话，拜托可别把我扯进去。”

仓持用鼻子哼笑一声：“不是你想的那样，我只是在想，真是很久没感受到这种气氛了！”

就这么边走边聊着，有个穿羽绒服的揽客生死皮赖脸地缠了上来。

“两位大哥，如果还没选好进哪家店的话，怎么样？只要三千块，年轻姑娘多着呢！”

正明不予以理会，想穿行而过，仓持却和那男的勾搭上了。

“想跟你打听打听，哪儿有能玩的店？”

“哎？”

“我就是问你这附近哪儿他妈有玩的店！”

“我说仓持。”

正明急忙拦住了他。虽说仓持那找碴打架的腔调同样令他在意，但是行动目的与在町田听说的完全不符这一点更为让他无法置若罔闻。

男人听了继续用腻腻歪歪的声音说：“哦，是问‘土耳其浴’吧？那边的巷子里就有几家。不如先过来喝上几杯，壮壮阳气然后再去，好不好？呃——”

仓持一瞪眼，揽客生闭了嘴。正明拽着他的胳膊，把他拉到了较为僻静的树荫里。

"你这是要干什么！"

"说实在的，我现在想要女人胜过喝酒。这六年来——不，算上牢里那几年，已经十一年了，这么多年，我一直压抑着，忍着，把受害者的补偿金都还上，现在终于了事了。里谷你也来，钱我出，好吧？"

正明听了心生迷茫，仓持见状问他："第一次？"

"嗯，没去过那种店。"

"我不是问你这个。"

正明搪塞了过去，但就算把那种店刨除在外，他也是零经验，保存着处子之身一直拖到了二十后半。初体验恐怕是跟结婚对象解决吧，他漠然想着。换个说法，就是和春香。

在那之前取得经验，到了该动真格的时候也不至于蒙羞，他首先想到了这种事情；但他又觉得宝贵的初体验应该和誓爱终生的对象一起。哪边是对的呢……

"总之你跟我来就对了。"

于是由仓持打头阵，两人走进了刚才揽客生指示的那条小巷，不久，看似是那种店的招牌出现在道路右侧。仓持等正明跟上来后，抬腿迈了进去。事情进展得太快，正明的脑子里朦朦胧胧的，剧烈跳动的心脏在耳边怦怦作响。

穿过自动门，对面是前台，一个梳背头穿黑衣的男子接待了二人，"欢迎光临，两位对吧？"说着便开始介绍这家店的运营模式。

男人的话正明几乎没有在听，只有"不行、不行、不行、不行"这个念头在心里膨胀。

不久，店员的说明告一段落，而正明也下定了决心。要拒绝就趁现在了。

"那个，仓持，还是不要了。"

"啊？"

"仓持就一个人尽情享受吧，抱歉。"

正明行了一礼，扭头就走。一阵焦躁的等待后，他穿过自动门，冲出建筑，沿着来时的反方向猛跑五十来米，终于停了下来。确认身后仓持没有追来。果然，比起事到临头魂飞魄散的晚辈，还是沸腾在心中的欲望更为迫切，不管怎么说，已经十一年了。

他不由得蹲下身去，眼皮底下，沉入黑暗的沥青背景中，自己的呼气白色浑浊，消散而去。他反复看着眼前的景象，责备自己的懦弱，或是反过来，觉得这样挺好。复杂的思绪伴随着急促的呼吸，全部吐进了黑夜，与此同时，冬天清冷的空气充斥、冷却着他的心扉，正明的心情舒畅了许多。

正明想走一条与来时不同的路返回车站，却迷失了方向。只要继续走下去，早晚会走到熟悉的地方，想到这儿，他随便选了条小巷。不久，独乐（KOMA）剧场出现在前方，正明心里松了口气。

就在这时，他的双眼忽然被视野边缘的一张紫色的招牌抓住了。某幢建筑的入口处有一张揭示板，上面贴着数张楼内店面的招牌，其中一张紫底白字地写着"Pub & Snack Cherir"。

Cherir——四天前春香被误认成的不就是这家店的陪酒女吗，原来在这种地方。

正明在这栋建筑前停住了。这里没有烦人的揽客生，附近的高楼里虽有居酒屋营业，但普通的餐饮店、游戏中心、柏青哥等店家也非常之多，感觉上这条街稍稍偏离了欢乐街的中心地带。建筑的外壁上贴满瓷砖，从说明板来看共有六层，而"Pub & Snack Cherir"似乎就在四层。

那位胡须绅士从最初便认定春香就是花名美奈子的陪酒女，就算告诉他认错了人，也怎么都不肯相信。

真有那么像吗？好奇涌上正明的心头。

绅士与陪酒女美奈子的关系似乎十分亲昵，不过和春香之间在那时应该是初次见面。

若将立场调换，自己如果见到了陪酒女美奈子，又会作何感想呢……

这是一种实验，正明边想边走下四级台阶，向通路的深处前进。通路尽头的左手边有一部电梯，电梯旁边同样挂着说明板。

他按下按钮，门很快开了。电梯里也有说明板，再次确认了 Cherir 位于四层后，他指定了层数。

四层只有两家店面，下了电梯往右一拐便是 Cherir 的店门。

三连休前夜的九点半，歌舞伎町的 Pub & Snack Cherir，然而隔着店门侧耳倾听，预想中的娇声与卡拉 OK 的歌声皆不可闻。

正明大胆地将门拉开少许，从缝隙中窥探里面的情形。

店内比想象的狭小，右手边是吧台，左手边和靠里的区域是桌席，至多可接待四五十人。眼下桌席上坐着十几个人，但半数是女性，她们若是陪酒女，客人便只有八九位，正是易于介入其中的氛围。

就在他犹豫不决的时候，身着黑色礼服的女性注意到了在门缝后面窥视的正明。

"欢迎光临！"女性走了过来，"请进，里面有空位哦！"

"啊，那个——"

尚未做好心理准备的正明有些惊慌失措。

"请把外衣给我吧。"

在被脱去外衣的那一刻，正明心意已决。既然来了，就拜见一下那位陪酒女美奈子的芳容吧！

他心想自己是一人前来，估计会被领去吧台，结果却被请到了空桌。布艺沙发的靠垫异常柔软，他感觉身体深深陷了进去，不符合一般家庭喜好的东西，在这种店里却能够让人放松。此处灯光微暗，却不失格调，细心聆听，古典音乐微弱的声音在室内流淌。尽管距离较远无法确认，吧台看似由一整块橡木板打造而成，相比之下，眼前的这张桌子只是张价格平平的玻璃桌。

就座后没等正明发话，托盘筷子已在他面前准备就绪，离他稍远的桌垫上放着一桶冰。直到刚才还空无一人的吧台内侧，一个穿红礼服的姑娘正忙着准备什么，可能是下酒菜吧。

这里的女人们大都穿着礼服或套装，只有一位着和服的，她走近了正明。

"欢迎光临，请问您是初来本店吗？"

"啊，是。"

"请问是有人介绍您来的吗？"

"啊，不，那个，是因为听说这里有可爱的姑娘。"

正明很紧张，姑且编了个理由。

"哎哟，哈哈哈哈，那还是找几个年轻姑娘来替我这个老太婆陪陪你吧！请问您要点些什么呢？"

"呃，这个嘛，选什么好呢？"

正明没了主意，于是——

"是要点一整瓶，还是烈酒杯呢？这儿的酒水种类很多，总之先把酒单给您取来吧，请稍等。”

而实际把酒单带来的是另一位女性。

“失礼了，我是雪。”

说着，雪挨坐在正明左侧，把酒单递给了他。他发现酒单上有标注价格，心里踏实了一点。既然只打算来今晚这一次，整瓶酒便不在考虑范围之内，他在烈酒杯中选了最便宜的掺水“EARLY TIMES”。

对于正明没点整瓶，雪并未多言。

“也给我点一杯吧，好不好啊？”

她以令客人无法拒绝的口吻说道。得到正明的同意后，才刚刚坐下的雪起身走进了吧台，穿红色礼服的姑娘和她一进一出，将盛有起司切片、火腿、小鱼佃煮、花生、薯片这五道小菜的碟子摆在正明面前，绕过桌子挨坐在了他的右边。

“初次见面，我是美奈……”

美奈……是美奈子吗？

正明连忙开始确认先前没有特别留意的她的容貌。

没错，应该是她，看起来长得确实有几分相像。

然而，直到她在身边坐下开始自我介绍为止，正明几乎没有特别关注过她，这是因为她整体给人的感觉与春香完全不同。不管胡须绅士怎么想，在正明眼中，陪酒女美奈子和自己的恋人春香怎么看都不是同一个人。

要说相似之处——首先是声音吧。刚才自我介绍时，在对"美奈"这个名字有所意识前，正明对她的声音已经产生了反应。

涂在眼睑上的眼影大幅改变了她的形象，不过大眼睛这个特征倒是和春香一样；她的睫毛生得过于浓密，但那也可能是假睫毛；鼻子的形状，嘴角的感觉，细看之下这些地方两个人长得几乎分毫不差；但肌肤的质感完全不同，恐怕是因为她在脸上抹了厚厚的粉底。

这时正明终于顿悟了。

美奈，假如这个女人摘掉睫毛卸了妆，长得又该是一副什么模样？

一旦有了这种想法，便觉得这个自称美奈的女人和春香是越看越像，能将她们区分开来的，就只有头发的长度和美奈鼻梁左侧根部的一颗痣，而后者似乎有意被藏匿在粉底之下，但黑色隆起的皮肤却无法被粉底彻底掩埋。春香脸上的那个部位没有痣，这一点可以确定。

反过来说，如果把可以改变长短的头发放在一边，这个叫美奈的女人在卸妆后，除了那颗痣以外和春香没有半点的区别。

"也请我喝一杯好吗？"

浓妆下隐藏着与春香别无二致的面孔，女人用与春香别无二致的声音问道。正明怀着难以形容的心情，不知不觉中点了头。

"阿雪，我也要——"

不久，雪端着三个杯子回到桌旁，正明被两个年轻姑娘夹在了中间。两个姑娘的杯子里盛着近于紫色的，像是鸡尾酒的东西。

干过杯后，雪问："可以告诉我们您的名字吗？"

"哦，鄙姓里谷。"

"里……"

"里谷，里外的里加上山谷的谷。"

"哦，是里谷先生，很少见的姓氏呢。"

雪提问的时候，正明把脸转向左侧，但会不失时机地观察对侧美奈的表情。美奈把嘴唇搭在杯子边上，脸上浮现出沉静的微笑，他想把这张脸再多看一会儿，可是雪又提出了问题。

"请问您是从什么地方得知这家店的呢？是经由某人介绍吗？"

正明心想这回该实话实说了，从刚才起就一直盯着美奈看，不说明情况会令她起疑。

"算是经人介绍吧，但我不知道对方的名字，是个四十岁上下，留着这样的胡子，很有绅士风度的人，他好像对美奈小姐——应该是美奈子小姐吧，非常上心。"

"没错没错，是松本先生……对吧，美奈？"

然而雪的搭话没有得到回应，正明转向右侧，美奈的嘴唇依然搭在玻璃杯上，她就像是在偷看意中人一样翻翻着眼睛，直勾勾地看着他。

"喂喂，我说那边那两位，你们在对望什么哪！"

"阿雪我跟你说——"

美奈起身绕到桌子的另一侧，坐在雪的旁边低声耳语起来。他以为美奈和雪说上几句便会坐回原位，谁知雪却突然把杯中的酒一饮而尽。

"谢谢您的款待。"

雪以空杯示意正明回敬。

"我得去陪其他的客人了，还请您原谅我的匆忙，之后就请和美奈慢慢聊吧。"

看来美奈刚刚的耳语是希望雪能让她和自己单独相处。

雪移动到了别桌，留下了被无法言喻的奇异气氛包围的两人。正明从美奈的身影中看到了春香，美奈似乎也从正明的背后看到了什么。自打刚才提到了松本先生的名字，这种怪异的感觉就不曾中断。

美奈究竟会说什么呢？期待与不安在心中膨胀，就在达到极限的瞬间——

"里谷先生，我……是春香。"

美奈如是说。

正明混乱了。春香怎么会在这种店里上班？还有她先前的态度，怎么表现得完全不认识自己呢？

"为什么……在这种地方？"

正明以不自然的沙哑声音勉强把问题挤了出来，美奈却当即笑了，吐出舌头说："骗你啦！对不起，我是听松本先生说的，听说他在街上碰到了一个和我长得一模一样的女人。您就是那时在她身边的男友吧，里谷先生。那个和我长得一模一样的人，她才是内田春香。"

谜底一旦揭晓才发现真相不过如此，然而方才瞬间高涨的悸动却没有任何平复的迹象，体温一气升高、身体发烫等滞后效应接踵而至。

"吓了一跳吧？"

"啊，还真是。"

"我和那位春香，真的有那么像吗？"

"一开始觉得你们一点儿也不像，但看的时间久了，就觉得越来越像——"

这时正明不由得中断了言语。

美奈怎么会知道春香的姓氏呢？

和胡须绅士发生纠葛的时候，正明喊了春香的名字，说了句"走吧"，然后拉起了春香的手腕。他记得当时曾有那么一瞬，觉得如果没有喊出她的名字就好了。虽说只有"春香"二字，但是给那个挑起莫名事端的人知道了还是觉得懊恼。对这记忆他确信无疑，自己绝对不曾叫出春香的姓氏"内田"。就算把当时的情景在大脑中重现，也找不到任何必须叫出她姓氏的理由，哪儿有人会用全名称呼自己的恋人呢。

既然正明不曾在那位松本先生面前提及"内田"这个姓氏，从松本那里听说事情经过的美奈就不可能说出"内田春香"的全名。

"你，为什么会知道春香姓内田呢？"

在被正明质问的瞬间，美奈脸上明显露出了"糟糕"的表情。

之后的十几秒里美奈一言不发，像是在梳理思绪。情况复杂到需要花这么长的时间来归理吗？正明怀着忐忑的心情，默默等待美奈的解释。

"首先有一件事必须得说清楚，那就是我不是春香。我不是其他任何人，我就是我，我是美奈子。"

以此为开场白，她开始说明自己与春香的关系。

第四章　不做一人

"这件事，请您千万不要告诉她，替我保密，好吗？其实，她，内田春香，是我的双胞胎姐姐……但对方并不知道我的存在。因为当时的情况，我们刚一出生就失散了，她在横滨，我在秋田，在不同的家庭里长大。"

当秋田的地名出现时，正明觉得自己似乎已经了解了其中的原委。春香的父母私奔后，在秋田生下了她，正明曾听春香说过。

"生下双胞胎的，是我母亲。据说春香的母亲在同一时期住进了产院，孩子却死产了。但是他们好像有着必须生下孩子、抚养孩子的苦衷。而我父母，当时应该是非常贫苦。'你们没有能力同时抚养两个孩子，如果愿意过继一个给我们，我会给予你们相应的援助。'通过医生从中撮合，两家人达成了交易。所以在户籍上，我的孪生姐姐成了春香，成了内田家的孩子，但其实我们是同卵双胞胎，这一眼就能看出来。"

　　正明想起了在滑雪场从春香那儿听来的事。被公公反对婚事的母亲，在私奔后的住处生下了她，这才被允许嫁入内田家。对私奔到秋田的两人来说，产下既成事实的婴儿，就意味着迈向婚姻殿堂的通行证，不会错。

　　然而婴儿死于胎腹，而同一家医院里有个诞下双子的母亲，但其家境贫寒……

　　"那位医生，竭力让两家人不知道对方的身份，但是这种事情只要仔细调查，很快就能水落石出。我母亲在我成人的时候，也就是二十岁生日那天，把真相告诉了我，她说："美奈，你其实有个孪生姐妹。"嗯，没错，其实没人知道谁是姐姐谁是妹妹，不过，春香是研究生，为人又认真，而我却是这副样子，所以我在心里把她当作姐姐，自己是妹妹。里谷先生呢，是不是也觉得是这样？"

　　非要说的话，正如美奈所言，不过事到如今，谁是姐姐都不是问题。

　　那么，问题出在哪里呢？

　　从春香在滑雪场吐露出的身世，以及她在银座被"松本先生"纠缠时的反应判断，目前她还不了解自己出身的秘密。而这个秘密被自己知道了，至于要不要告诉她——没必要非得这么做，这件事，自己一个人心里清楚就可以了。

既然如此，问题又出在哪儿呢？

美奈的眼睛亮闪闪的，她继续说道："可是，现实中就是会有这种事呢，我出生在秋田的农村，从小就向往着来东京，然后去年，我终于从家里走了出来，由于事前知道了这些情况，所以心里一直想着，说什么也不能给姐姐添麻烦。我母亲一直挂念着春香，她住在东京，在东京上大学的事，我就是从母亲那儿听来的，母亲还给我看了她的照片，真是长得一模一样！来到东京后，说不准什么时候、在哪儿，我们就会撞到一起，所以我心里想着，只有这件事一定要多加小心，不能让姐姐知道自己的存在。结果，却被姐姐的恋人查出了下落。仔细想想，就算不和本人碰面，认识我的人见了姐姐，或者反过来，认识姐姐的人见到了我，也同样不妙呢！我考虑得太简单了……好，从今往后我要把妆化得更浓，让自己看上去更不像自己！"

化妆在很大程度上的确是个有效的办法。自己明明知道这家店里有个和春香相像的陪酒女，在第一眼见到美奈时却没有察觉出来。

然而，却也有胡须绅士——松本先生这样的先例。不，那可能是因为松本先生见过美奈的素颜。假如他们之间并非单纯的客人与陪酒女的关系，而是那种关系——在银座一边说着"你居然骗我"一边抓住春香的手腕，从这情形来看也是如此。不过，他又说不知道"美奈子"的本名，或许他们没有深交到那种程度。但愿如此，再怎样说，她也是春香的孪生姐妹。

"那个，可以的话，能和我说说姐姐的事吗？我啊，曾经有那么一回，乔装打扮跟在姐姐后面，可是，还是太危险了。谁让我们长着同一张脸呢！也正因为这样，我特别想知道姐姐的生活是什么样的，性格又是什么样的，会对什么样的东西感兴趣，可谁都不能问。所以今天真是太好了，能像这样和姐姐的对象说话，原来她喜欢这种类型的人哪，双胞胎果然连对男性的喜好都很相似呢！"

美奈若无其事地说着让正明心跳加速的话。虽说是一对孪生姐妹，美奈不仅表情丰富，性格也与春香大相径庭。

"不如今天你就陪我聊到打烊吧，酒钱我会偷偷给你的，你就点一整瓶吧，然后，我想多听你说说姐姐的事情。"

美奈说 Cherir 会营业到零点。这样的话，末班电车也还能赶上。但最关键的是，和美奈说话让正明觉得开心，所以他答应了。他看了下表，还有一个半小时。

"六号桌，Early Times 一瓶——"

美奈一边向别的陪酒女下单，一边离开座位，走进吧台，消失了一阵子后，端着 Early Times 的酒瓶和盛水的容器回来了。她希望他能在瓶口的纸签上写上名字，于是他用签字笔署上"里谷"二字，然后，她在他耳边细语起来。

"我顺便去了趟立柜，把驾照拿来了。我想里谷先生已经明白了，我和春香不是同一个人，不过，凡事都要慎重起见嘛，想看吗？"

"想看。"

美奈听了，装出一副"偏不给你"的姿态，随后把它递给了正明。

正明先把视线移到照片上，印刷在驾照上的美奈涂着口红，好在其他部位的妆不浓，方便了和春香进行比较。她们两个实在是太像了，当看到照片的瞬间他再次感到，只不过，从这张照片上他同样可以找到鼻梁左侧的那颗痣。点缀在秀丽五官当中的黑点，宛如英文中的单引号——对于熟悉另一副无痣容貌的正明来说，这两张脸简直是 A 与 A′ 的关系。理所当然的，春香是 A，美奈是 A′。

姓名一栏中写着"半井美奈子"。

"（半井的发音）Nakai？还是 Hanni？"正明念叨着问。

"读作 Nakarai，是个不太常见的姓氏。"

驾照上还记载了许多其他个人信息。生日是昭和三十五年三月二十三日。说起来，自己还没有问过春香的生日，原来她是三月出生，所以是春香，即春之香。

涂成蓝色的有效期限一栏中，记着"至昭和六十年之出生日期有效"。户籍所在地一栏为"秋田县仙北郡田泽湖町",住址栏里也写着相同的文字。他想起她刚才说自己去年终于来到了东京,于是把驾照翻到背面,追记事项中写着,"现住址:东京都新宿区新宿四丁目"。

好歹将上述信息阅览一遍后,美奈说着"可以了吧",把驾照收了回去。

"哎,你在这儿用的是本名。"

"是哦,不只是我,阿秋,还有直美也是,这家店里差不多有一半姑娘都是这样。不过之前坐这儿的阿雪没用本名,那孩子的名字,听了你一定会笑的,她叫森昌子,连汉字的写法都一字不差。"

"哎,那不是——"

正明勉为其难地笑了笑。和名人同名,肯定少不了麻烦,但不觉得有多少好笑,相比之下,断然是比较"春香和美奈"更有意思。雪长得和歌手森昌子一点儿不像,但名字完全一样,而内田春香和半井美奈子,名字虽然不像,人却长得一模一样。

"反正是和名人同名,不如叫森雪,喏,就是《宇宙战舰大和号》里的那个。"

听美奈的口气,像是在说一位众所周知的人物,然而正明只知道森雪是《大和号》上的一名机组成员,身穿黄衣的年轻姑娘,仅此而已。他记得《大和号》热播的时候,正赶上母亲住院的时期。当时，为了看护母亲，也为了自己的出路变更、就业等问题忙得不可开交，没有半点看动画的闲情逸致。因此，从那些年的时代特征中生长出的"常识"，大多都被从正明身上连根拔去了。

但话说回来，花名取自动画人物的陪酒女，恐怕真不多见。

"那姑娘不太正常啊。"

"我也常被人说不正常啊。"

"半井小姐吗？"

正明跃跃欲试地说出了刚刚记住的稀有姓氏，她却鼓起了脸颊。

"真是的，要叫我美奈哦，万一被别的客人听到就头疼了。"

也对，能看到驾照是因为自己特殊，因为自己是她失散多年的孪生姐姐的恋人，若是对普通客人，连本名都不可能透露出去，这想必也是为了把这行当安心做下去的"潜规则"吧？

待最初点的烈酒杯空了，美奈撕开新瓶的封条，重新调制了掺水威士忌。

"请用……我去把这个放回立柜。"

她把驾照一晃，离开了座位。过了一会儿，她回来了，用胳膊肘戳了戳正明的侧腹。

"这你收着，买单时用。"

偷偷递过来的，是一张折得小小的万元纸钞。

"可是——"

"行了行了，作为交换，再多和我说说姐姐的事。"

美奈重复着同样的请求。再推辞下去反而会引人耳目，正明老老实实地收下钱，顺手把它塞进了前胸口袋。

至于春香的事，该从何说起呢？迷茫之中，美奈说："就从两个人的相遇开始吧。里谷先生——方便问您的名字吗？"

"啊，是，我叫正明，正直的正，明朗的明，虽然实际上既不正直也不明朗。"

"才没有这回事呢，我很清楚的，既然是姐姐选中的人，为人一定正直，性格，这不是也挺明朗嘛！"

这还是第一次有女人这么评价正明，他有些受宠若惊。自打到了这店里，正明觉得自己表现得比平时明快了许多，好像换了个人似的。这里面当然有酒精的功劳，但最主要的原因，他认为在于美奈。是她那开朗的性格，在无意间照亮了自己。

"那么请问正明先生，两个人是什么时候、在哪儿相遇的呢？"

美奈摆出左手握着麦克风的姿势，如此问道。她是在模仿娱乐播报员。若在平时，任何哗众取宠的行为都会成为正明蔑视的标的，然而今天（或仅限美奈？），这些在他眼里却也成了暖心之举。不可思议得很。

"呃，我们是在今年一月，元旦之夜相遇的。"

"哎，这么说来，才一个月多一点点喽。哦，原来是一对新鲜出炉、热气腾腾的情侣。那么，邂逅的契机呢？"

"这个嘛，最开始，是我在职场的前辈，要我和他，还有他的女朋友一起去滑雪——"

就这样，在美奈的询问下，正明把邂逅春香的情景、留宿车中的一幕，以及在滑雪场两人交谈的内容，原原本本地告诉了她。此外，自己是高中毕业，不是白领而是木工的情况，也都一并一五一十地交代了。

"然后呢，对她第一印象如何呀？"

"一句话，长得太标致了，但也就是感慨一下，那时候连做梦也想不到，自己居然能和她谈朋友。"

"既然是选长相，你看我怎么样？"

眨着孩童般纯真的眼睛，问的却是了不得的问题。

"不不不，并不只是长相——当然也有被外表吸引的因素，但是最关键的，应该说性格合得来吧——和她待在一起，心里就觉得踏实……哦，倒不是说和你在一起心里就踏实不下来，可没有那个意思。"

正明连忙补上一句。实际上，就像现在这样和美奈单独处在一起，他的心情相当不错呢。假如在遇到春香之前，先以这种形式遇见了美奈——自己不该这么想，如果没有遇到春香，自己就不可能来到这家店里，如果少了名为春香的节点，也就无所谓和美奈攀谈了……

"好了好了，我还不至于为了这点小事受伤啦……话说你们两个的关系呢，进展到什么程度了？有身体关系了没？"

正明本以为她气鼓了脸，谁知下个瞬间她笑了，再次抛来一个不得了的问题。若在平时，正明早已无视了问题，但对美奈而言，这件事关乎胞姐的幸福，或许问得意外严肃（虽然看似玩笑），于是他决定如实回答。

"那方面，还什么都没有。"

"接吻也没有？"

正明无言地点了头。直到上周，两人才开始手挽手走在一起，更进一步的身体接触，到目前为止还不曾有过。接吻，总不至于落到婚前绝吻的地步吧，但可能还要再等些日子——他已经有所觉悟了。

"原来是这样……那么，和姐姐以外的人呢，正明先生？"

"亲倒是亲过……"

"换句话说，只亲过嘴？"

事关自尊，正明哪儿愿意承认，然而最后也不得不点了头。

"这样啊，那姐姐呢？会不会还是处女身呢？"

正明看她在那儿自说自话，反问道："那美奈你呢？"

"哎？我？"

美奈一脸为难的样子。

"我呢，会在这种店里工作，也是因为有过许多经历啦。"

她言辞含糊不清，感觉是在说，剩下的部分还请自行想象。对于这个答案，正明受到了连他自己都始料未及的巨大打击。

为何自己会如此惊恐呢？

如果春香做出了相同的告白，自己一定会动摇吧。其实，正明在这件事上已经做好了心理准备。春香有着如此惹人的外表，在迄今为止的人生中，来自男性的诱惑一定络绎不绝，即使她在某人身上舍弃了贞节，那也不足为奇，或者说，自己根本无能为力。

然而，不过是得知了春香，不，不是 A 而是 A′ 的美奈并非处女，自己为何如此不安呢？

尽管最初有所不解，正明终归还是想到了其中的缘由。

爱情，毕竟是独占欲的表现。渴望独占自己的女人，这欲望不仅针对恋人的现在，还伸张向她的过去，想独占她一生。不论是正明对春香从前是否有过性经验的纠结，还是他因此而更加难以启齿的迷茫，都是这种独占欲的表现。至于她的经历，没有的话皆大欢喜，有的话（纵使嫉妒）也无可奈何——正明早就想清楚了。

然而，美奈却在以往的假设之外。美奈，和春香容貌相同——恐怕身体也别无二致——的违规存在。

倘若春香冰清玉洁，且正明如愿以偿独占她终生，美奈却不知在哪儿、被什么人抱了——理应仅为自己所熟知的宝物，其实存在着副本，而这副本却又可能被他人赏鉴——这样一来，个人的独占欲不就没有得到充分满足吗……

这不只是自己一人的状况，而是爱上同卵双胞胎其中一方的所有人共同的问题——看似可以这样归纳，但是严格地说，自己事前并不知道春香有个孪生姐妹（而不知情的春香也难有作为），因此，起初便知道孪生姐妹存在并开始交往的情况，和自己的情形不可相提并论。必须觉悟之处存在着差异。

换句话说，在得知美奈存在的当下，正明不得不重新劝服自己——

美奈和春香是不同的人；

即使美奈在某时某地想和某人上床，春香的纯洁也不会因此而遭到侵犯；

所以，不论美奈何时何地想和谁上床，自己都一概不能介意。

不知不觉到了打烊的钟点。

穿和服的妈妈桑开始挨桌递送账单。正明从钱包里掏出几张千元纸钞，添在美奈给的那一万日元上面，结了账。他发现今天刚点的那瓶 Early Times 已经空了一半。

"正明先生，您不要紧吧？"

"没——事。"

美奈陪他乘电梯下到一层，把他送到了该栋建筑的出口。

二月的夜晚寒冷彻骨，正明拢了拢衣领，走在前往车站的路上，他忽然想：不知仓持怎么样了。

不知怎么的，重心总是忽左忽右，走不成直线。这时他终于意识到，自己醉得比想象中严重。随着靠近新宿站，便道上行人多了起来，然而朝车站方向急行的人影却寥寥无几，就在诧异的当口，正明走到了车站，发现自己错过了末班车。

醉意随即冷却了少许。

如果乘出租车回龟户，怕是要赔上五六千块，与其花那么多钱打车，不如找家便宜旅馆住下。想到这儿，正明走进一家仍在营业的立食荞麦店，从店员那儿打听到了新宿市公所附近一家胶囊旅馆的地址。道过谢后，他再次朝歌舞伎町的方向走去。路上会不会和 Cherir 的女招待们——主要是美奈——碰个正着呢？然而事与愿违，凌晨一点二十分，正明"顺利"到达了目的地的旅店。

在前台办好入住手续，在更衣间换好衣物后，正明来到了指定楼层。尽管是第一次在这种旅馆过夜，他仍然有条不紊地成功地把身体横在了褥子上。胶囊形的房间比想象中的还要狭小，好在有种当上宇航员的感觉，狭小也成了情趣。

有醉意相助，不知从何处传来的鼾声也变得无关痛痒，就这么轻飘飘地，在宛若失重的心地里，正明不久便睡着了。

酣睡过后一觉醒来，九点了。或许是因为不习惯睡在胶囊里吧，他浑身上下处处酸痛。就算现在赶回宿舍，也只有冰冷的洗澡水等着自己，既然房钱里包括了公共浴场的费用，就先在这里洗个澡吧。

建国纪念日这天晴空万里，正明上午十点退了房，十点半回到了宿舍。

穿过四下无人的玄关，上到二层，正明在洗衣间碰见了正操作洗衣机的邻居大贺前辈，两人四目相视。

"哟，早上回来，少见啊！"

"你好。"

正明本想打个招呼就溜过去，大贺却说："对了，昨天晚上，你屋里电话突然响了，那吵的，我都醒了！"

"真不好意思。"

反射似的道歉后，正明忽然想：糟糕，该不会是春香吧。这一周来，春香还没有来过电话，他正等得心急如焚。

而另一方面，"夜猫子大贺"竟然被吵醒了，这件事让他十分挂心。

"那电话是几点打来的？"

"不好说，我是一点左右睡的，肯定是在那之后，大约三四点的时候吧，不过没响多久，大概有个五声就挂了，也没再打来。"

"这样啊，多谢了。"

凌晨三四点……有那么一瞬，正明以为是 Cherir 的美奈，担心他错过末班车打来的，不过自己并没有把号码告诉她。

此外还能想到的——号码写在职员名簿上，如果不是春香，那么很有可能是原云中的某位：增村和井崎，如果是他们为了出席酒会的事来电致谢，时间上有些过晚了。虽然在经历二次会、三次会后，他们趁着酒劲打来电话的可能性依然存在，但最主要的是，仓持的概率更大——因为不爽自己昨晚临阵脱逃，不顾夜深打来电话……

真相在乱草丛中，考虑没有着落的事情也于事无补。

正明回到了比"胶囊"敞亮，却也只有四叠半的房间，打上地铺钻了进去，想就势睡个回笼觉，但由于在旅馆饱睡一夜，睡意久久不来。

少了和春香的约会，难得的假期变得无事可做，若放在去年以前，这状况再自然不过了，如今正明却觉得寂寞难耐。

凌晨三点的电话怎么想都是春香打来的，难不成有什么要紧事？

他放弃了入睡的念头，翻开读到一半的书，可是完全看不进去；试着效仿大贺前辈，洗洗衣服扫扫房间，但心情依然无法平静；那就打开电视吧，工作日的白天却只播放主妇和儿童节目。

待到西空赤色尽染，墨迹初现，傍晚五时过后，期盼已久的电话终于响了。

"喂，正明君？现在能马上出来？"

是春香的声音。背后人声嘈杂，看来她不在家里，电话是从电话亭打来的。

"没问题，出什么事了？"

"没有啦，其实我今昨两天出去旅行，现在刚到东京站。正明君今天也休息吧？所以想着等会儿一起去哪儿吃个晚饭。"

"明白了。"

"我在东京站的银之铃等你，认识这地方吗？不认识可以问站务。我穿了件红色外套，你看着找吧，能马上来？"

"嗯，我尽快，估计不出半小时。"

"给你二十分钟，拜。"

既然春香这么说了，他只好从命。正明火烧屁股似的换上行头，三分钟后破门而出，以全速跑到龟户站月台，这才喘上一口气来，调整急促的呼吸。昨晚从"土耳其浴"出逃后，自己也是尽全力跑了五十来米，回想起来，自打成年以后自己已久未奔跑，然后便是这接连两日——自己这是怎么了？难道对那些决意为自己而活的人来说，竭尽全力是被苛责的义务吗？

因穿厚衣奔跑而涌出的汗水冷了下来，身体感到些许寒意——正巧这时，总武线那辆颜色熟悉的列车驶进了月台。经由棉系町站换乘总武快速线，在接到电话的二十分钟后顺利抵达了东京站。

他向站务员打听"银之铃"的方位，两分钟后在约定地点——天顶上果真吊着巨大的银铃——找到了身穿红衣的春香。

"让你久等了。"

"迟到两分钟。"春香盯着坤表说道。

正明怨她不近人情，却又疼她自打到站后就干等在这儿。听说她去旅行了，便想着一定有个大号行李——有的话就主动担下，然而她手里只有提包和纸袋，问过才知道，旅行箱被单独由宅急便发去家里了。

"先去八重州口的地下街吧。"

春香选的是一家寿司店。两人找了张四人桌位，两个空位用来置物。

等下了单，春香寒暄道："正明君近来可好？还是老样子？"

"能有什么变化？"

当然有了，我去见了你失散多年的孪生姐妹——要是能如实说出来，心里该有多轻松啊！

"怎么了，我脸上有东西吗？"

正明听了，发觉自己正下意识地注视着春香的脸。她脸上自然没有异物，鼻梁左侧根部也没有痣。春香就是春香，自己到底在确认什么呢？

"对了，昨天公司里有个酒会，我大老远跑去町田了。"

　　为了把不自然的地方搪塞过去，正明刻意保持常态，找了个话题。

　　"町田？"

　　"没跟你说过？町田也有家工厂，入职头两年我在那边工作过，那边的宿舍就叫町田寮。这回是当时的同事要结婚了，叫我一起去喝酒庆祝。"

　　"哦，这么说昨晚，你就在那个町田寮住下了？"

　　"啊——昨天夜里的电话，果然是春香打来的吧？"

　　"嗯……既然听见电话在响，怎么还不接呀？睡死了？"

　　"唉，不是那么回事。"

　　正明向她说明了自己昨晚留宿在外的事，以及邻居半夜隔墙听到铃声的事。

　　"所以呢，出什么事了？大半夜的。"

　　"这两天不是出去旅行嘛，刚才在电话里也和你说了。昨天晚上倒是住在酒店里，可是怎么也睡不着，心想听了正明君的声音没准儿就睡着了，忍不住拨了电话。"

　　随后，话题转到了春香这次的旅行上。

　　"学院里有群大四的姑娘，毕业论文完成得早，就商量着去宫泽贤治纪念馆毕业旅行，然后我说也想同去，结果就去当了个灯泡。"

　　"宫泽贤治纪念馆？"

"嗯，在岩手，去年刚开放的。"

"岩手，坐的可是东北新干线？"

"可不是，真坐了哦！"

"挺好。"

正明这么说，盼的不是新干线，而是自己和春香的旅行，不过——

"可是啊，东北的冬天实在是太冷了。"

"你应该不讨厌冷吧？"

"嗯，最喜欢雪景了！但是交通不方便，比较烦人，要是能在花卷也设一站就好了。"

"你这次……去秋田了没？"

"哎，秋田？为什么？怎可能去秋田那种地方呢，从岩手过去那边，必须得翻过绵绵山路。拜托，别说得好像东京和横滨一样。"

昨天和美奈的对话还在他脑袋里转悠，这问题问得怕是有些唐突了。

"咳，之前不是听你说过出生在秋田的事嘛，所以你说去了东北，我就想，一辈子也难得去几次东北，既然到了岩手，你会不会顺道去看看自己出生的那个小镇？"

"在秋田出生的事，你还记得！"

春香的情绪似乎终于好转了，正明稍微松了口气。

　　这时两人点的寿司端上了桌。由于话主要是春香在说，她吃饭的速度也就自然较慢。

　　春香说她自小学时起便痴迷于宫泽贤治的世界，在极力宣扬贤治身为作家之伟大后，她问："正明君可曾读过？"

　　"《要求太多的餐馆》《银河铁道之夜》，还有《大提琴手葛许》，读过这些。"

　　春香见正明列出书名，脸上神采奕奕的。于是他想：能让人感到选读书做爱好算是选对了的，就是这种瞬间了。

　　"正明君比最近的那些大学生还爱读书呢，现如今的大学生啊，考上了就到此为止，再不学习，这样的孩子越来越多了，还有人堂而皇之地说什么，人生的最高学历是在高三，真是服了。"

　　或许是这次同行的学生当中有人如此"高论"吧。春香的口吻绝对算不上激烈，可是每每谈到这种话题，正明都觉得她温雅得有毒。

　　当宫泽贤治的话题告一段落，正明心想：今天说什么也要把两个人的关系掰扯清楚。

　　"换个话题吧，我刚才不是说，昨天和原来职场里的一群人去喝酒，因为有个同事要结婚了吗？那家伙之前住在町田寮，但是那里有规定，结了婚就必须得搬出单身宿舍，所以他就把房地产公司转了个遍。听他这么一说，我也挺羡慕的。"

"正明君，你该不会是想说自己也想搬出来吧？"

春香看起来神色有变。

"那倒不是——咱们，从交往到现在，有一个月了。"

"是'都'一个月了？还是'才'一个月？"

春香出了个难题。

"这个嘛，'才一个月'这句话里含有没过多久的意思，也就是说，这么短的时间能了解什么呢？还需要保持距离，所以，我想说的应该是'都一个月了'。"

"都已经一个多月了，咱们这是在干什么呢！这种感觉？"

"嗯，如果能把距离再拉近点儿，对吧？"

"这句话中听！"

春香百年不遇地笑露了前齿，接着，就好像刚才什么都没有发生一样，用筷子嗖地夹起一个虾寿司送进嘴里，再把咬断的虾尾放回板上。我行我素的个性才是春香，自己就是对她这一点情有独钟，正明再次感到。

"我想，继续和春香交往下去，可能的话，想让咱们关系再更进一步。希望咱们的关系能够更进一步，从来没有想过要分手，只希望剩下的人生两个人能一同度过。换句话说，咱们交往的事，我是以结婚为前提在考虑的，从交往第一天起就是这种想法。我觉得，有些话只有说出来才能让你明白，所以今天就索性都说了吧。"

春香听完，先吃了一片腌姜，然后目不转睛地看着正明。

"嗯，我一直有种感觉，觉得正明君一定是这么想的，不过能听到正明君亲口和我这么说，还是挺高兴的，那么现在轮到我了。"

她把筷子置于架上，挺直腰板。

"我也觉得，和正明君继续交往下去，如果最终能喜结连理就再好不过了，要说是'才一个月'还是'都一个月了'，也觉得是'都一个月了'，开始交往已经一个月了，两人的距离比起当初却没什么变化……要不然这样吧，你跟我回趟老家，怎么样？"

"老家——是在横滨对吧？"

"没错，我想先把你介绍给我的父母，跟他们说我在和这个人交往。"

这么做——在步骤上没问题吗？反倒有种"才一个月而已"的感觉，不过，也可以理解成她在认真考虑两个人的事。

"我的事，你父母知道吗？"

"还没提过，不过若正明君有意，在领你回家之前会和他们打好招呼的，说我有人在交往。"

意料之外的展开令正明迅速不安起来。

"可是没问题吗？春香已经读到了研究生，对象却是我这种高中毕业，又是木工，要是让他们知道了……"

"怎么？想说配不上我？刚才不是说了吗，如今的大学生里净是些不中用的家伙，正明君比他们机灵多了。再说，我父母也说不了什么，你想，我父亲年轻的时候不是也选了个既没学历也没家境的对象吗？家母才初中毕业哦，而且不是家境不好，是举目无亲，她是战争孤儿。不论我选谁做对象，只要为人可靠，他们两个就没有说三道四的立场。"

说到春香父母，连春香本人都不知情的秘密，自己却知道得一清二楚，想到这儿，他有了令对方无法拒绝这桩婚事的信心。

"就算要结婚，也要等到春香研究生毕业之后吧？"

"不啊，毕不毕业和这件事没关系吧，学生结婚的又不是没有，况且，只要咱们的感情牢固，不论发生什么事情，我的心里只有你，你的眼里只有我，相互之间坚定不移，不就够了？你看，这和婚礼上的誓言都没两样了，双方一旦做出承诺，就和真正的夫妻无异了。"

就在春香说出"相互之间坚定不移"的瞬间，不知为何，正明脑海中浮现出的却是昨晚美奈的笑脸，那笑脸与眼前春香的重叠在了一起……

"不过呢，实际操作起来，还是要为仪式选个日子。哦，对了，正明君的双亲已经那什么了，所以只要我家父母同意，是不是就不需要礼金了？我也不大清楚，反正流程很多啦，准备起来怎么也要花个半年时间。"

归根结底，只要两人私订了终身，当天便提出结婚申请，这么做看来是行不通了。

"哦，对了对了，我都忘了，喏，给你的手信。"

说着，她拿起放在邻座的纸袋，从众多盒子中拣出一个。

"南部薄饼，是在一站叫北上的地方买的，给家人和研究室的人采购时，顺便也买了同样的东西，委屈你了。正明君一个人吃不掉的话，就和宿舍里的大伙分着吃吧……虽说够不上聘礼的分量，还请笑纳。"

春香腼腆递出的盒子，正明深情地收下了。尽管是半开玩笑的，但是她对自己的一片真情感觉就装在那里。

得找个机会还礼，可自己又不会去旅行。想着想着，他想起了春香的生日。写在美奈驾照上的日期，记得是三月二十三号。

"春香的名字，是指春天的芳香吧，所以是早春出生喽？还没问过你的生日，是不是快到了？"

春香听了，表情明亮起来。

"其实我是三月的生日，眼看就快到了，三月二十四日。哦，礼物什么的，有这份心意就足够啦。"

这日期和美奈的有着一天的微妙差异，也许是春香的父母为了不让天机泄露，故意把日子错开了。真实情况无从得知，但是正明真心觉得，幸亏自己事前过问了一下。

保密工作绝非易事，说不准什么时候一不留神便说漏了嘴。

"只要是我能给的，一定给你。"

"那好，等到了那天，你可不许让我一个人，听清楚没？"

"明白，我保证。"

想必两人的关系将在那一晚突飞猛进吧，正明的直觉告诉自己。

第五章　次位之爱

二月二十一日收工后，正明被纪藤强行"请"到了龟户站前的居酒屋。元旦滑雪以来，日子一直过得匆匆忙忙，正明没有发觉这还是前辈今年头一次找他喝酒。

"里谷老弟，是不是有什么事要向我汇报啊？"

干过杯后，前辈突然像煞有介事地问道。

"哦，对了，其实——"

看样子前辈已经知道了，不过正明还是郑重其事地，就和春香开始交往一事做了报告。自己能邂逅春香，全靠前辈约自己去滑雪，本应尽早汇报的——加上这条，正明一并请了罪。

"是吗，这么说，里谷老弟也终于迎来春天了。"

"何止春天，盛夏已至！"

不经意间脱口而出的这句话，连正明自己都感到意外。在他心里，春香永远是那颗盛夏骄阳。

"是吗，是吗？"

听了正明轰轰烈烈的情史，纪藤索然无趣地呷了口杯中的碳酸酒，长叹一口气说："照这么看的话，我现在就是腊月寒天了……其实，上个月底，我和尚美分手了。"

面对黯然自语的前辈，正明有些怀疑自己的耳朵。纪藤和尚美在滑雪场打情骂俏的情景依然历历在目。月初如胶似漆，月末不欢而散，确实有些令人难以相信。

"真的？为什么——"

"怎么说呢，到时候了吧。"

纪藤讲得轻描淡写，倒是正明，受了重创。咱们四个再一起去哪儿玩啊——他觉得前辈叫他做了汇报后，话锋就会转向这里……

"是前辈提出分手的吗？"

"不，只看结果的话，姑且算是对面甩了我吧。不过我这边呢，对她也没那么执着，那就好合好散吧。"

"相当长时间了吧，你们交往。"

"有个……一年半了吧。"

前辈的神情遥望远方，脑海中仿佛川流着与恋人的万千回忆。

不远的将来，或许自己也是这副模样，追忆着与春香一起度过的日子。

早晚有一天会被出卖，会遭报应的——忧郁时常潜伏在正处于幸福巅峰的正明心灵某处。

事实上，春香打来电话的间隔在一点点拉长。从刚开始交往那阵的每周三天，到不知不觉中变成的一周两回，然后，上周终于只有一次了。原本每周末必有的约会，最近两周也被她以不便为由终止了。建国纪念日，周五的那顿晚饭是自己最后一次见她。两天后的周日，如果说间隔太近，想要休息，可以理解，但整整一周过去了，昨天依然没有见面……这在正明那儿成了巨大的不安因素。他不愿往坏处想，因为建国纪念日那次约会的气氛好得不得了，但是在他留意不到的地方，她的感觉可能正在持续降温……

"有没有什么……类似导火线的事件？"

或许前辈的回答可以引以为戒，想到这儿，正明惶惶恐恐地问道。

"导火索倒是没有，主要是两个人对未来的设想不同——特别是在她就职后的这一年里，变得越发明显了。说明白一点，她觉得我是时候该考虑结婚了。那家伙今年也二十有四了，而且公司里貌似有个前辈还是什么人追她。她跟我说：'阿和，如果今年不打算娶我的话，我不介意换个人。'可是我还没想结婚呢，也不认为对象非尚美不可——"

"可前辈今年也二十八了吧？差不多是该成家的年纪了。"

正明如此问道。世间有着所谓适婚年龄的说法，男大二十七，女大二十三，正明和春香今年迎来各自生日的时候，正好是这个岁数，也是出于这个原因，正明打算年内就与春香成婚，而年长两岁的纪藤却毫无此意，这令他万分诧异。

"现在结婚的话——"

纪藤蓦地停下，直视正明了片刻，低声说：

"里谷老弟，你得答应我这事绝不和任何人讲。"

正明点了头，他就纪藤这么一个朋友，守口如瓶易如反掌。

"其实，我一直盘算着有朝一日能另起炉灶，办一家自己的公司。"

"真的吗？"

正明不禁反问，殊不知前辈还有此等野心。

"嗯，倒不是对目前的待遇不满，但我毕竟不乐意受人差使。还是和现在一样的工作，可能的话拥有一家自己的工厂，在那儿按自己的意愿行事。假如我带走几个伙计开办公司，我想原田先生也会把工作派过来的。"

"是呀，原田先生一定会支持你的。"

看到员工自立门户，那位原田社长肯定会打心眼里高兴，正明有这种感觉。

"不过，拥有自己的工厂，可没有听起来的那么容易。实际会遇到的问题，首先要有土地和厂房，然后是各种作业机械——光谈理想就没边了，就算只考虑木材加工和金属切削这类最基本的，也得需要几百万，甚至上千万的设备投资，全部算下来，估计需要三四千万的本钱。大约在五年前，我就认准了将来要单干，开始有意识地存钱，可到了现在也不过三百来万。要是在这种状态下结了婚，挑起家庭，那自主创业就永远是个梦想了。那样的话，一辈子到死都只能是原云的职工——虽然也有这个选项，但是和尚美就不合适了……我想顺便问问你，目前有多少存款？"

冷不防被这么一问，正明慌了手脚。

"呃，和前辈差不多吧……"

"瞎说，肯定比我多。我再怎么说，有车，有女朋友，到处去玩，每次都得花点儿。相应地，和她上床就不用掏钱了，所以使在她身上的钱算不上浪费，平均下来应该回本儿了。"

纪藤一边说着一边泛出下作的笑容，正明随即心生厌恶，正月见面时，高田尚美那小巧玲珑的身影在他脑中闪过。即便断了往来，也不是什么事情都方便向外人透露吧？

纪藤似乎没有察觉到正明心境的变化，继续说道："相比之下，你几乎从不出门，只窝在宿舍，工资肯定如数落在自己手里……新年以来不太好说，但起码从入职到去年这段日子，刨去住宿费、伙食费，基本上原封未动吧，那也得有个差不离的数目了，是不是？"

正明虽然不曾透露具体金额，纪藤恐怕已将他的工资账户看穿了九分。事实确如前辈所言，购买旧书，再多也有限，扣除吃住，眼下钱几乎都攒在手上。

"我呢，其实把你那部分也算在独立军备之内了。我想只要我请你，你一定会跟我来，可是你和内田小姐发展成这样，情况有变哪……打算结婚吧？"

纪藤开门见山地问道。

"嗯，是这么打算的，但具体的还没商量。"

于是纪藤露出羡慕的目光。

"听尚美说，内田家好像不是一般地有钱，啊——如果换作是我和她交往……那你结婚以后呢，工作怎么办？还干现在这活儿？"

"呃，不，还没考虑得那么仔细。"

一门心思想着独占春香，对"结婚"二字早早有了意识，至于工作，却只有继续做工这么个漠然的意象。既然春香是内田家的独生女，正明很有可能入赘到对方家里。虽然对她父亲的事业疏于过问，不过若有公司经营，或许需要自己辞去现职继承家业。而等闲视之的自己，生活态度可谓散漫，多少有些事不关己、隔岸观火的感觉。

纪藤重新提起了酒杯把手。

"不管怎么说，我就算要娶老婆，也决定等到创业以后，和阿尚分手，就当是为此迈出的第一步吧，事到如今凡事都要向前看嘛。而你呢，也开始以结婚为目标，和有钱人家的大小姐交往。干的事虽然正相反，但对于咱俩来说都是向前进了一步，今天这杯酒只当庆祝一下，好吧，里谷老弟！"

正明随着纪藤拿起酒杯，碰了今天的第二杯酒。

他让碳酸酒滑过喉咙，不动声色地观察纪藤的表情，再次认识到自己有多么不谙世事。前辈怀着自立门户的野心，为此甚至盯上了正明的存款，时常邀请无亲无故的他一起喝酒，恐怕也是出于这个目的。在这一切被当面道明之前，自己竟然一直被蒙在鼓里，这样下去早晚会栽个大跟头……

在那之后，饮酒又持续了近一小时，纪藤的酒品越发恶劣了。

"里谷老弟你可真不赖呀，能交到这么个有模样、有财力、又聪明、挑不出毛病的女人……"

"前辈，饶了我吧。"

正明面露难色，纪藤却浑然不觉。

"我会和阿尚分手，说起来还得怪你们。世上有内田那样的女人，却偏偏交了你这么个男人，所以啊，我才越想越觉得我家阿尚寒酸。"

高田小姐不是也很有魅力吗，这句慰藉的话刚到嘴边又咽了回去。事到如今再说什么也无济于事了，何况比起春香——虽然对不起尚美，差距是显然的事实。

"唉——上哪儿去找啊，内田那种美女。"

纪藤边说边四下张望，正明也跟着左顾右看起来，居酒屋内几乎被男客占据，尽管也有女性店员，但遗憾的是，就长相来说尚美反而更胜一筹。

这时正明忽然想到，若把纪藤带去"Cherir"会是一番怎样的情景呢？第一眼见到美奈的前辈，又会做出何种反应呢？戏弄之意涌上心头，正明不禁喜形于色。

可是，却又不能让他发现春香出身的秘密。春香已经知道了，似乎有个和自己容貌相像的姑娘在某处做女招待，但她并不了解，那姑娘正是自己未曾谋面的孪生姐妹。如果让前辈与美奈见了面，结果导致秘密传到春香那里——这种情况应该不必担心，美奈会向正明透露秘密，是因为他有春香的恋人这一特殊立场，对其他人想必不会轻易开口。只要避而不谈，美奈就只是个相貌酷似春香的局外人。

此外，正明去过"另一位春香"店里的事，也不能够让她本人知道。不过既然前辈已与尚美分手，就不用担心事情可能经由尚美传给春香了。前辈和春香直接见面的机会，今后也许会有，但只要自己拜托前辈，他一定可以闭口不谈。

"在这种上班族'御用'的居酒屋里，怎么找也找不到的。所以，要不要去那种店里逛逛？"

被正明这么用话一套，纪藤一瞬间露出了惊讶的表情。

"哎？吓到我了，从里谷老弟嘴里居然能冒出这种话来。那种店，我也认识个一两家——"

"其实，有一家我只去过一次的店，女性店员有七八位，会坐在客人身边的那种。"

纪藤再次露出了惊讶的表情。

"那好，就去那里。"

说罢，他站了起来。

总武线列车上，当被问到先前是和谁同去那家店里喝酒时，正明搬出了仓持的名字，虽然与事实有着微妙差异，这个部分总还瞒得过去。

"仓持，你是说那个——肩上有文身的大叔？"

"对，我和他关系还不错。"

正明如此回应道，纪藤却依然是一副不可置信的样子，并强调起了有关仓持的种种奇闻怪事。

"你说他屋里摆的净是他自己雕的观音？"

"传言罢了，据说他心里念着过去在伤害事件中因他负伤的人，每晚不声不响地雕来刻去。"

哪怕是在町田时代与仓持格外亲近的正明，也不曾走进过他的房间，然而不知出于谁口，这则关于仓持的传闻在舍内不胫而走。

此时已过晚上九点，列车里因下班归来的上班族而拥挤不堪，形成镜面的玻璃窗中，映出了两人手握吊环的身影。

"我可惹不起那号人物。"

车窗里，纪藤用手指摩挲着自己的脸颊。这种手势一般暗指帮派中人，此时则意指原云雇用的前科人士。

"我觉得大猩猩堀内更难相处。"

大猩猩堀内自然是绰号，本名堀内某某，从某种意义上讲是町田工厂的知名人物。入职二十余年的老手，制板生产线的班长，性格上吹毛求疵，被其他员工敬而远之。外表酷似大猩猩。正明有幸不曾受他亲自指导，同期的稻川却因他而被迫辞职，如此一来，正明对他也有着某种难以形容的愤慨。然而，当时明明在其掌管之下的纪藤，却似乎对他没有怨言。

"那个人呀，虽然没少被他责骂，但自打他当上班长以来，制板生产线的事故少了，这也是事实。我想他是明知道会被下属怨恨，果断把怨气担下了。被别人厌恶到那个地步，精神上还能承受得住，也不简单哪，我挺佩服他的。"

"他都四十多岁了还单着，谁也不希望变成那样吧？"

"这一点我有同感，不想变成那样。"

说话的工夫，电车已抵达了新宿站。出东口，被人潮揉搓着走进歌舞伎町，将独乐剧场作为参照物，好歹没有转向便来到了目的地的建筑物前。

"就是这里四层的那家叫 Cherir 的店。"

"呵，Pub & Snack。"

纪藤望着那块紫色的招牌说。

"有卡拉 OK 吗？"

"没有。"

"算了。"

乘电梯上到四层，这次正明毫不犹豫地拉开了紧挨右手边的那扇门。

"欢迎光临，请进！"

店里还是冷冷清清的。上回来的时候是连休前夜，客人只有寥寥几位，像今天这样的工作日，上座率就更低了，除了一组三人同行的客人，其余桌席连同吧台全部空着。一眼望去有六位女招待，美奈不在其中。取而代之与正明目光交会的是那位叫雪的姑娘，记得美奈曾说过她本名叫森昌子。雪微笑着走上前来，把两人领到了包厢。

"这边请，外衣就请交给我吧。"

雪先为前辈脱下了外衣，在接过正明的罩衣时，贴在他耳边小声说："十分抱歉，美奈今天休息。"

"我倒不是……"

正明慌忙反射似的做出了回应，心里却大失所望。她若不在，特地跑来这里便失去了意义，但又不能说走就走——前辈已经满面悦色地坐进了暄腾的沙发。他很快认了命，在纪藤右边坐下了。

"你知道家挺不错的店嘛！"

"相应地，很贵哦。"

"明白。"

在两人"交头接耳"的时候，之前那瓶 Early Times 已准备到位，上次聊过几句的雪，还有另一位名叫秋的女招待坐到了正明他们这桌。雪挨在正明右侧，秋隔着桌角坐在纪藤左边，就是这么个位置关系。纪藤打听对方的年纪，雪和秋自称二十岁和二十六岁，但不知能信几分。

"这么说，阿秋小姐和里谷老弟同年喽，你属什么的？"

"呃，什么来着？"

秋说完无聊的俏皮话，又哈哈哈地给自己圆场。

"阿秋，申，申。"

"对，没错没错，我属猴。"

"怎么还需要阿雪知会呢？难不成阿雪才是二十六岁？"

"都说不是啦，我和阿秋正好差半圈嘛。"

"可没听过'半圈'这个说法，我倒是常被人说'白跑一圈'。"

不经意间，纪藤已把气氛活跃起来。

"哈哈哈，能明白，确实有这种感觉。"

笑着拍手的秋忽然把手摊向正明说："我好像还没有听过那位客人的声音哦。"

正明无可奈何准备开口，却被纪藤的声音盖了过去。

"如你所见，这家伙长得特别男人，但是不爱说话，可惜了。"

"难道说，是那种在吧台独饮的类型？"

"上次来的时候不是挺能说的嘛，和美奈，对不对？"

说着，雪握住了正明毛衣的袖口。他的心跳在瞬间加速，过后转念一想，若无其事地接触身体，应该是这种店里基本的待客技巧吧。

"那位美奈小姐是？"

纪藤面向正明问道。然而，本人不在便无法说出"其实她和春香一模一样"的实情，就在正明不知该如何作答的时候，雪替他给出了答非所问的回应。

"美奈今天休息，她和我一样，每周休息三天，但日子不固定。"

正明心想原来如此，看来并非随时来到这里都可以和她见面，上次只是碰巧以二分之一的概率见到了她，而这次又以二分之一的概率扑了空。

"哦，所以说，那位美奈小姐就是里谷老弟的相好喽？"

"不不，不是这么回事，上次聊过两句罢了。"

"哇，我终于听到里谷先生的声音了。"

可实际问题是，正明很怕目前这种气氛，进店不过一会儿工夫，他已经后悔来这儿了。

"怪不得呢，我得向内田小姐报告一番。"纪藤突然说道，"别看他这个样子，人家和女朋友处得好着呢！"

"哎，这样啊！"

"倒是我，上个月刚被女人甩了。"

"哎哟，怎么回事？"

"唉，所谓价值观有别嘛！"

当纪藤说出"要向内田小姐告状"时，正明着实打了个冷战，但纪藤似乎只是想借机把话题转移到自己刚刚失恋的问题上，正明这才稍微松了口气。

"现在正是寂寞难耐的时候吧？"

"就是说呀，阿秋你安慰安慰我好不好？"

他说着把脸蹭向阿秋的肩膀。

"等等，别这样，你好色哦！"

嘴上虽然拒绝，看上去却并非真心讨厌。对于前辈搭讪技艺之精湛，正明觉得无可救药，却又佩服之至。

阿秋一边把纪藤的身体往后推，一边说："体格相当不错嘛，有参加什么运动吗？"

"运动没参加，衣柜每天倒是不少搬。"

"我懂了，是大川荣策！"①

"乒乓，不对，是'叮咚'。"

前辈妙语连珠侃侃而谈，简直像个相声演员，想不到他竟如此擅长拈花惹草。

在正明眼里，做人是否老实相当于善恶有别，这种观念早在学生时代就已融化在血液里。然而近些年来——大致以七八十年代的交界为境——这一价值观开始逐渐反转，他对此深有体会，如今，"有趣的人"比"本分的人"在女性那儿更吃香。但女人并非皆是如此，至少春香不同，她追求"强韧的人"，无视浮夸的言辞，着眼于人的内在。沉醉在前辈愉悦的氛围中，不由得委身于他的女人，当今这世上可能不少——秋这样的姑娘感觉会轻易落网——但春香不会。

这时正明忽然想到，换作美奈又会如何呢？或许是因为成长环境的差距一目了然，他觉得这个与春香拥有相同遗传基因的女人，未必连内心也同她如出一辙。这么个表情丰富，遇到乐事便放声大笑的女人，在前辈轻快谈吐面前，究竟会不会为之心动呢？

在描绘完成的自己与春香的未来预想图上，没有半点留给半井美奈子这女人的余地，她原本就是应当被忽略的存在——

———————————

① 日本男性演歌歌手，绝活是扛衣柜。

不，视情况而定恐怕还是不得不从眼前排除的存在。尽管如此，正明却会不自禁地考虑起她的事情，好比今天吧，借着为了吓唬前辈这么个自欺欺人的名目，又跑来这儿了……

没错，那不过是个幌子，其实正明是想再见美奈一面，再和她说说话。

抑或，这是一种自我补偿的行为。和春香已有十天没见了，这周末前怕是也难相见，分离的日子还会越堆越高——可能就是这种焦躁，使他迫切想要见到美奈那张春香的脸。

然而他想错了，并非随时来这儿都能见得到她。她今天休息，雪代她陪在正明身旁，静静地握着他的毛衣。这到底算什么呢？事情怎么就成了这样呢？

大约过了半个小时，纪藤起身前往洗手间，为了方便他通过而离开座位的秋，借此机会返回吧台准备酒水的续杯。少了前辈的轻言快语，包厢里静悄悄的，只剩下正明和雪。

面对突然到访的沉默，正明没了主意，这时——

"其实，您今天是来见美奈的吧？"

雪在他耳边轻声说道。

"不是啊——"

"一看就知道没说实话。"

"没骗你，就像刚才前辈说的，我有女朋友——"

正明奋力掩饰，雪则充耳不闻。

"拜倒在美奈裙下的男人们的心情我懂，可是她——这话该不该说呢？就和你说了吧。她的真面目……是魔性之女，迄今为止有不少男人都被她玩弄在股掌之上了。"

正明听了脊背发凉。这种感觉是针对雪说出的内容呢，还是向自己吹风的雪本人呢？他无法确定，不由从正面重新审视雪的脸庞。

比起春香虽然黯然失色，雪也算长了副可人的脸蛋，卸妆之后一定更现芳容，胜过高田尚美绰绰有余！只见那对朱唇轻启——

"里谷先生既稳重又帅气……很有女人缘吧？"

"没有的事。"

正明苦笑道。

"现在这年头，前辈那种风趣的男人才受欢迎。"

"那样的人我已经倦了……这种话，还请不要告诉他本人哦。"

"不会。"

"里谷先生，您喜欢美奈吧？"

"都说了我——"

"有女朋友，对吧？但是魔性之女会说不在乎，说排在第二位也无妨，说只当寻欢作乐了，因此，要求得到居于次位的爱。开始时说得好好的，可是等男人醒悟过来，女人已经摇身一变，成了他最倾心的一位，所以还是小心为妙——"

听到入口旁卫生间门开闭的声音，耳边雪的细语声一下子远去了。不久，前辈的身影进入视野，秋也拿着自己的续杯回到了座位。

"啊，清醒多了。拉开卫生间门的时候，门角正好打在脑门上，连我自己都感叹，哎呀，真是喝醉了。把酒调得淡一点好吧？明天我们还有工作，若喝大了就危险了，那可是要舞刀弄刃的差事。"

"哎，莫非二位是武士？"

"正是正是，鄙人纪藤和彦之介是也！……凭什么呀！"

前辈的油腔滑调一如既往，现场的气氛瞬间恢复了原样，然而正明却无法不去在意坐在自己右边的雪。

刚才的那番话用意何在呢？

最终，交杯近两小时后，夜里十一点半的时候，纪藤意犹未尽地抬起沉重的腰身，要求结算。中途虽有四位客人结伴进店，但秋和雪始终陪伴在正明他们左右。账单平摊下来，每人要掏一万日元，不过纪藤表示，就点了瓶新酒而言算是便宜了，看那样子他心情非常之好。

待两人走上大路，纪藤呼着白气说："太久没快乐过了，可惜啊，不是能常逛的地方，难得你带我来，抱歉啊。"

"不会不会，我已经满足了，这次是为了——"

"想见的姑娘不在，你好像挺遗憾的。"

"所以说不是那么回事。"

"明白明白，我不告诉内田小姐，就算有机会见她也不会说什么。我呀，是不想让你为难。"

"拜托了。"

正明深深地低了下头，而就在这时，纪藤的声音扣了下来。

"作为交换嘛，要不这样吧，将来等我自立门户的时候，你把内田家的钱全弄出来，投给我的工厂，怎么样？"

正明听了看向前辈，眼睛睁得大大的。

"呆子，说着玩儿的，你可别当真啊！"

纪藤拍着他的肩膀，发出了豪爽的笑声。

"走吧，明天还得上班呢。"

追赶着迈出飒爽步伐的巨大背影，正明感到一阵难以名状的不安。

把前辈带来 Cherir 不会酿成大错吧……

美奈今天休息，从某种意义上讲没准儿是自己走运了。

万一美奈在岗，前辈与她碰个正着，很可能从她身上嗅出发财的味道。

春香是否是内田家的亲生骨肉，这在正明眼里不是问题，然而对春香的双亲来说，却是个不想让任何人得知的秘密，若有人以此要挟，怕是能够诈取相当数目的钱财。自己正是把对金钱如饥似渴的前辈，领进了掌握这一秘密的女性所受雇的店里。

不过——应该不要紧吧。两小时一万块的消费，在同类店里也许不贵，但对一介工人来说，可不是一个说来就来的价位。何况，这里离龟户相当远。在工厂和宿舍的徒步移动范围之内，即正明他们的生活圈内，类似的酒吧和酒馆有很多家。没必要大老远特地往这里跑吧。再说，别看前辈在店里对秋油腔滑调、动手动脚，却似乎没那么上心。

所以，不要紧吧——正明姑且下了判断，安慰自己。

然而，这个判断的错误，不久之后他便将有所领会。

第六章　初恋渐远

与纪藤同去 Cherir 的翌日夜晚，春香打来电话。

"正明君？好像很久没和你联系了，对不起。就像之前说的，从上周起我就一直在改论文，而且比想象的要花时间，好在今天终于得到了教授的认可，暂时算是自由了，所以想着先和你汇报一声。"

感觉是从公用电话打来的，正明便问她现在人在哪里，得知她正要离开大学。这时已是晚上十点多了。

"大学要待到这么晚哪！"

那一瞬间，他听到了咯咯的笑声。

"因为大学是没有放学时间的，有的理科生甚至会通宵达旦呢。"

"一会儿……还能见面吗？"

正明一时冲动说出的话，当即被春香以"太勉强"回绝了。

"从早上到现在，一直坐在文字处理机前面。哦，如今论文已经不用手写了，都是利用一种叫文字处理机的机器，我从早上开始就一直对着那画面，眼睛已经累到极限了。"

"你累坏了。"

"嗯，对了，这周末正明君没问题吧？"

"那是当然。"

春香轻松愉快地谈论着周日的例行约会，她的感觉正在持续降温的忧虑，看来不过是自己杞人忧天了。

"然后呢，我不是说过要把正明君介绍给我父母吗？我想，就定在这个礼拜日吧，你看行吗？"

就这一句话，让正明热腾的心气唰地凉了下去，但他很快又调整过来了。

"好吧，说得也是，反正早晚都是必经之路，穿西装去会不会好一点？"

"是……哦，毕竟第一印象最重要了，可是，这类衣服正明君你有吗？"

"有是有，但是为了长远考虑，还是重新置办一套吧？"

"那好，衣服的事你就自己看着办吧，至于周日当天几点在哪儿会合，具体的事到时候会再联络你的。总之，我先问一下家里那边有什么安排，然后明天或者后天再给你打电话。那就这样，晚安了。"

"嗯，晚安。"

尽管只是有事说事的短暂通话，如今的正明也已经心满意足了，他反刍着对话的余韵，这天早早地铺床就寝了。

第二天，正明推掉加班去日本桥买西装，衬衫、领带也同样买了新的。和之前那几次约会不同，这次要到对方家里去，脱鞋上榻，所以犹豫着要不要也买一双新皮鞋，可又怕打理不好，结果只好作罢。他拜托店家西装要在三天内改好，并说定周六中午来取。

这晚，春香又来电话了。听说今天是从家里打来的，两人有别昨夜，踏踏实实、开开心心地聊了起来。春香说她刚和老家通完电话。

"听说我要领正在交往的男人回家，父亲一时哑口无言，结果只给了一句：'哦，是吗。'听声音就知道他心神不宁的，可好笑了。"

"这样啊。"

春香父亲所表现出的狼狈，在正明那儿又成了不安因素，他可做不到像春香那样，能够以此为乐。

"星期天，下午四点那会儿过去，估计家母是想一起吃顿晚饭，所以吃过饭后，大约八点告辞。我正考虑呢，你觉得怎么样？"

"嗯，就这样吧，挺好的。"

如此一来，至多坚持四个小时就算过关了，正明自我宽慰着。

最终，两人定在了周日下午三点，品川站内碰面。

正明交上女朋友的消息，在他本人尚不知情的时候已在原云的职工间传开了。

周四午休时分，他正在宿舍食堂里吃饭，大贺前辈过来搭话。

"里谷，你交到女朋友了？真的假的？"

"哎，怎么回事？"

"这不是明摆着嘛，一到星期天，你就打扮得漂漂亮亮的，乐乐呵呵地不知往哪儿去了，电话也比原先响得频繁，任谁看了都会这么想。所以说，到底是不是真的？"

"啊，是有这么回事。"

"好家伙，可真羡慕你呀！"

大贺走后，正明忽然想起纪藤前辈，便去找他，只见他坐在电视机前，一声不吭地扒着饭。刚才与大贺的谈话，似乎吸引了整个食堂的注意，可纪藤却独自一人，专心听着电视里森田一义与浅野裕子的对谈。

春香说时间充裕了，看来当真不假，这周五、周六两个晚

上也有电话打来。周六只是为了确认翌日的安排，但周五晚上
两人讲了近半个小时，对正明来说，这已经是超长通话了。虽
然聊的尽是些事后努力回想也无法记起的琐事，但不管怎样，
此时此刻正通过电话线与春香紧紧相连的实感才是最重要的。

　　触动心弦的感觉，是正明在过去的人生中所不曾体味的。
萌生于自己心中的感情，起初就好似一块烫手的山芋，不过最
近他也懂得欣然品味了。

　　当然了，面对面地要比在电话里快乐数倍，这自不必言。
周日下午三点品川站内，与春香时隔半月再次相见的瞬间，正
明险些被心底掀起的感情波澜吞没。

　　"让你久等了，好久不见。"

　　"啊，你好。"

　　可能是因为有阵子没见了，两人一上来显得有些生疏，但
一起乘上京滨东北线列车的时候，他们已经恢复了往常融洽的
气氛。

　　"正明君穿西装比我想的还要帅。"

　　"真的？太好了！"

　　这趟列车虽说比上下班的电车空旷许多，却依然没有空位，
两人挨站在车门一侧，春香的脸距离眼前不过三十厘米。车厢
摇摆的瞬间，距离缩至二十厘米。若不是有人看着，正明肯定
就势强吻了她，他知道自己心跳不已。

这就是爱？一旦爱了，人怎么就变得这般脆弱？

正明再次有所感触。自己必须是强韧的。春香不是说过吗，她对自己的好感源于自己的强韧。爱她，就要保住这份韧性。这种事，到底能否做到呢？

两人在石川町站下了车。出南口，随春香走了五分钟坡路后，眼看进入一片高级住宅错落的区域，不久，她停下脚步。

"这里就是我家。"

说着，她指向一座由奶油色石墙环绕的宅邸。越过两米来高的石墙，正明只看到乔木繁茂的枝梢。

"嗬，好一座宅子。"

"不是你想的那样。"

黑色的铁门向左右开启，正明跟在春香后头踏入了内田家的土地。前庭里铺着草坪，植着乔木，修剪得颇具西洋风情，主房是风格与之统一的西式二层建筑，洋溢着厚重的历史感，而院落深处另有一座和瓦和风的仓房。内田果然是大户人家。

正明出生长大的饭田市近松家，在乡间也曾被评为豪宅，纯正和风的主房虽是平房，却由数间厅堂环环相套，建得很是气派。记得祖母曾自豪地说："此家一轩便有八十八叠。"院落深处并排着四间泥灰仓房，听说过去古玩字画在那儿堆积成山，不过打记事时起，那里基本上就是四间空屋。

近松家占地之广，足有此处五六倍，然论及资产价值，此处就有数十倍之多了。如果说近松家是被战后的民主化洪流所冲垮，那么内田家便可谓乘风破浪昌盛至今了。

倘若父亲正午能像点样子，倘若近松家也如内田家这般战后繁荣，摆在自己面前的一定也是别样人生吧？

不过只要与春香结婚，这土地家屋终将成为身内之物。从饭田至滨松，再至町田、龟户，这一路流离若注定归于此宅，自己的人生便无所谓一塌糊涂了。

"马上就要面见了，准备好了吗？"

在春香的话语声中，正明蓦地寻回了意识。自己这是怎么了？并非受了前辈影响，一瞬之间，私欲正在心中萌芽。

宅邸和资产都不重要，我爱的是一个名叫内田春香的女人，别无他求——正明再次告诫自己。

春香按下门铃，于是传来女性的应答声。

"妈妈？是我，春香。"

她回应道。

"哦，你回来啦，等一下啊，马上就给你开门。"

大约十秒钟后，玄关的门解了锁。"春香推开门"。正明与站在门厅里的中年女性目光交会。"这位是我母亲。"春香介绍说。

"初次见面，我是里谷。"

"欢迎你来，请上来吧。"

换上准备好的拖鞋，春香和正明被领到了接待室，这里大概就是面见场所吧，正明和春香并排坐在了沙发上。虽然套着布罩，沙发却是普通的沙发，不过那张由一整块木板加工而成的桌子，显然是个价值不菲的高档物件，不仅如此，房屋的内装风格可谓整齐划一，户主品位之优良从中可见一斑。

等待约五分钟后，春香母亲端着托盘再次出现，将一碗和果子放在桌子中央，接着，向春香面前的杯中倒入咖啡，又为正明端上一杯红茶——想必是春香在事前为自己传达了不好咖啡的指示。托盘被置于桌上，一对茶杯尚存盘中。

"正式地自我介绍一下，我是春香的母亲。"

"啊，我是里谷正明。"

春香母亲在女儿正对面的位子上坐了下来。从春香的年纪判断，她应该早已年过四旬，给人的感觉却不甚相似，一定是那美貌使她显得较实际年龄要年轻了。

春香母亲的脸庞确实匀称，不了解的人若是见了，恐怕会说有其母必有其女，甚至有可能从两人的美貌中感到共同之处，说不愧是母女。然而正明心里清楚，两人的血脉并不相连，两人美得如出一辙，也不过是无心插柳。话说回来，能让富家少爷一见倾心，以至于不惜私奔也要与其结合的女人，拥有与之相符的外表也在情理之中。然而，女人腹中的胎儿在私奔期间死于胎腹，取而代之被收养的女婴，又重新由这位佳丽养育成人，巧合就在于此。

　　与春香母亲寒暄过后，正明正困于对话的接穗，这时房门被敲响了，仿佛一切都有所安排。一位中年男子走进屋来，以站姿轻表仪礼。"我父亲。"春香介绍说。

　　正明从沙发上站起身来，深深行了一礼。

　　"我是里谷正明，有幸正与春香交往。"

　　"先坐吧。"

　　语毕，春香父亲也坐在了空闲的沙发上。

　　因为她父亲是资本家的户主，正明便擅自将其想象成了一个肥硕的中年男人，然而实际出现的这位人物却与臆断完全相反——举止温文尔雅，但整体线条纤细，眼神缺乏生机，好似大病初愈一般，给人一种远离浮世的印象，若说此人年轻时曾干出私奔的事情，别人一定会想：错不了。

　　春香母亲兴冲冲地准备好两只杯子，斟上咖啡。他呷一口咖啡，点上烟草，终于开始向正明问话了。

　　"里谷先生今年多大了？"

　　"二十六岁。"

　　"在工作吗？"

　　"是，在一家叫原云工业的家具制造公司上班。"

　　"哦，原云我知道。"

　　说着，他不止一次地点头。到目前为止都还好，不过——

"是做营销之类的吗？"

"不，那个，我在工厂上班，是工人。"

正明如实回答后，一时间，问题的间隔拉开了。

"顺带一问，最终学历是？"

"高中……毕业于滨松的滨松北高中。"

尽管该所学校在当地以顶级的升学率闻名遐迩，但在静冈县外应该感受不到吧，况且高中毕业的事实也不会因此而改变。

"可是爸爸，正明君是由于家里的原因才不得不放弃考大学的，尽管如此，他仍然博览群书，自学成才，那些大学生根本不在话下——"

"等等，我并没有说高中毕业不行，或者说大学毕业就一定优秀，也丝毫不这么认为，人的价值不是由这种事情来决定的。"

"没错啊，我才初中毕业。"

春香母亲谈笑自若地添上一句，对此正明钦佩不已，他暗下决心，自己也要成为一个可以无所避讳、泰然说出"高中毕业"的人。

就像为了掩起尴尬的空气，春香父亲点燃了第二支烟。本打算把烟盒收进前胸口袋，却又忽然想起什么似的，震了下烟盒弹出一支，递到正明面前。

"能吸吗？"

虽然平常不吸，却非不曾吸过。判断这种场合应当规规矩矩地接受，正明抽出香烟，借了火。许久不吸，差点儿呛到，好歹忍住了，吐出烟来。通过示意同为吸烟者的关系，或许多少可以令对方产生亲近的感觉。

"那么，所谓家里的原因是指什么呢？"

顺着问题，正明就高中时代母亲发病而放弃考学的情况、母亲在自己即将成人前去世的来龙去脉，以及自己原本出生于饭田市的事情进行了阐述。当确认正明已与父系断绝关系，现在无依无靠浪迹天涯时，春香父亲终于露出了貌似认可的神情。想必他是在考虑将入赘内田家作为与春香结婚的条件吧。这一点并无问题，正明认为自己已做出了判断。

法律上，关于成年男女结婚一事，只要当事者双方有意，便可结为夫妻关系，父母赞成与否绝非必要。然而现实之中，特别是在上流社会家庭里，结婚并非当事人的结合，而是家族间的联合，婚姻受这种观念支配着。正明会想要取悦春香的父母，也是很自然的。

不过，正明在内心补足道，现在随便你们思忖，不论如何，王牌握在自己手里。倘若他们反对两人的婚事，便说知道春香出身的秘密，并以可否告知于她相威胁，如此一来，反对便不构成阻碍了。只要春香心意不变，自己就能与她成婚。要坚定信念，成为强韧的人。正明这样叮嘱自己。

此时，问答告一段落。

"爸爸，就算不问这么多问题，您也明白里谷先生为人不错吧？"

"说得也是，失礼了。女儿很少带朋友回家，所以忍不住刨根问底起来，十分抱歉。"

"不不不，这没什么。"

"招呼也已经打过了，能带他去我房间了吗？"

"当然。"

被春香拉着手腕，正明起身最后行了一礼，便从接待室告退。他不禁吐了口气。

"辛苦了。"

正明被领到了二楼的房间，那是春香在走出家门前所使用的房间，书桌和床铺还保持着原先的样子。听春香说，在她开始独立生活的时候，全部家具都是重新购置的。正明坐在椅子上，春香在床上坐下了。

"感觉如何啊，我爸爸妈妈。"

"嗯，都是非常好的人。一口气回答了那么多问题虽然辛苦，但既然是女儿的交往对象，他们肯定有许多事情想问吧。"

"我想要正明君了解，我是一个怎样的人。来见我父母，是为了让你明白，啊，原来她是由这两位所生下的女儿；看到这房子，是希望你能感受一下，啊，她是在这幢房子里长大的；进到这房间，是想让你想象一下，哦，她曾每天在这里用功。"

　　原来如此。有别于她，理应展示给对方的东西正明一样也没有，因此，在听到这番话前他并不理解那种心情。

　　"话说回来，你爸爸是做什么工作的？"

　　"对呀，他们两个光顾着问正明君问题，自己的事却只字不提。爸爸经营一家不动产公司，说是公司，其实小到只有二十几名员工。除此之外，他以个人名义还拥有几处地产，楼房啦，公寓之类的。这些地方的租金，再加上作为兴趣的股票，算是我家的主要经济来源吧。"

　　虽然春香说得好似与己无关，但是个人拥有几栋高楼的情况，在正明看来已是相当了不得的。

　　"还有别的问题吗？"

　　"家人呢？……比如说，不赞成私订终身的爷爷啦，原本打算继承家业的叔叔啦。"

　　于是，春香的表情微微暗淡了。

　　"叔叔住在别的地方，爷爷……为了做胃部手术正在住院。其实，让正明君今天过来，也是看准了这个时机。我父母，我想不会说些什么，但是爷爷，那可是曾经反对父母结婚的人哪。"

　　学历、背景皆无的女人与内田家之名分不符——以此主张否决婚事的人，会以相同的理由否定正明与春香交往也不足为奇。

　　不仅如此，正明的撒手锏在祖父那里还无法使出来，其原因在于，春香父母是为了让祖父认可他们的婚事才收养了别人的孩子，因此，春香并非两人亲生骨肉一事祖父自然无从得知，以暴露秘密相要挟更是不可能的。

"这可难办了。"

"不过，我想一定不会有问题的，爷爷虽然到现在对妈妈还有些敌视，但对我可是溺爱有加，我认准的事情，爷爷是不会直截了当反对的，大概吧。"

"要是那样就再好不过了。"

"如果正明君能表现得出色一些，让爷爷觉得，这个人和心爱的长孙女结婚倒也可以。"

"总而言之，还要靠我自己。"

"所以说，第二轮面见是在爷爷出院后，估计在下个月。"

"呜哇，不得了。"

正明尽管嘴上如此，心里却有一分从容。船到桥头自然直嘛。这种毫无根据的自信，大概就源于春香这颗太阳给予的能量吧。

就像地球受到太阳牵引，正明也从椅子上站了起来，朝春香走去。坐在床沿上的春香，凝视着向自己靠近的正明，静若处子。

他吻了下去，唯本能所命。

正明松开嘴唇，春香睁开眼睛，露出微笑。

"一直想象着会在何时，却万没想到就是现在——"

这次，她主动把嘴唇凑了上去。喘息，轻轻拂慰着正明的脸庞。

第二次的吻，悠然，缠绵。

唇齿惜别之际，春香收回搂住正明脖颈的手，与他隔开距离。

"那个，还有一件必须和正明君说却还没有说的事……我，不是第一次了。"

"接吻吗？"

面对正明的疑问，春香摇了摇头。

"也包括之后的事。"

"一直到最后吗？"

这次她点了点头，接着，诉说起来。

"我在初高中时上的都是女校，你瞧，谁让我是有钱人家的大小姐呢。"

说着，她自嘲地笑了。

"结果适得其反，上大学时我坚持要上男女混校。父母似乎有意让我进入市内的女子大学，可是，只有女生的学校，那六年我已经受够了。社会上把女校神圣化地称为'女子的花园'，但大家如果知道了女校的真实状况，一定会大失所望的。于是我就和父母说，再也不想沾染那个世界了。再加上我原本就想走出家门独立生活，便报考了东京的大学。"

春香虽然受到来自家人的强烈反对，但终究贯彻了己愿，出色地考取了东荣大学。尽管学校并非远到无法从老家通校，但在这一点上她同样坚持了独自生活的己见，并最终将自由自主的大学生活握在手中。

"但是这么做，并不是为了尽情地去做出格儿的事情，我只是希望能够普普通通地，在自然而然混杂着男生的教室里学习。一个人生活，也是为了能够自己扫除、洗衣、做饭，尝试去做在别人看来理所当然的事情。原先我还住在这里的时候，家里有个不住家的女佣，除了料理是妈妈来做以外，其余的家事全部交由那个人帮忙打理。"

若是迟早出嫁的闺女，家务自然是必修之课，但是春香，按道理会收个上门女婿继承家业。因此，家务事这辈子就交给用人去做吧，她父母亲想必是这么考虑的。

"大学里也有男生和我搭讪，可是像我这种性格，感情几乎不会表现在脸上，他们都说和我待在一起没意思，很快便走开了。所以呢，没有蚊蝇缠身，倒也轻松惬意。就在这时，一个男生出现了，名字我就不说了——"

那人费尽心力卸去了春香心中的铠甲。

"二十岁的时候，只有过那一次。与其说是喜欢他，不如说是想知道那是种什么感觉，被好奇心驱使了。现在我很后悔，因为可以送给正明君的东西少了一样……像我这样的女人，你还会喜欢吗？"

　　若说没有打击，那是自欺欺人。但说到打击，美奈做出相同告白时的打击更大。这次或许是因为在事前已经有所准备吧。春香仅此一次，况且她又对自己坦诚相见，这种场合下必须表现出男人的一面。

　　"当然。"

　　正明默默搂住了她的肩膀。

　　春香说两人在房间里独处得太久，不希望父母因此而产生莫名的猜疑，于是，正明决意再次去面对她的父母。

　　两人下到一楼，春香母亲正在厨房料理晚饭，在起居室里阅读《经济杂志》的父亲见两人走下楼来，便把杂志放到了一边。春香去给母亲打下手了，正明在起居室的沙发上坐了下来。

　　第二次谈话，始终围绕着无伤大雅的正经话题。她父亲是经历了学童初开的一代，因此，似乎对中曾根首相不沉空母的发言愤慨不已。

　　"晚饭做好了！"

　　春香母亲"一声令下"，几个人陆续就座餐桌。正明看向春香，她的眼睛正诉说着什么，于是他把视线挪到餐桌上。主菜是油炸类拼盘，副菜是一碗事先做好的煮菜加一碗炒牛蒡丝，米饭盛在茶碗里，已浇好了味噌汁——哪怕是住在高级住宅区的豪宅里，也不可能每晚都是餐厅的菜色，自己可是吃着极其普通的家庭料理长大的哦，春香想说的一定是这个。

　　这一桌饭菜可谓色香味俱全，与食堂平时的伙食有着天壤之别。若说亡母的料理是自己心中之最的话，那么今晚的味道位居次席也未尝不可。

　　正明被劝着添了第二碗饭，吃得他沟满壕平才撂了筷子。狼吞虎咽的吃相在他看来同样具有博得好感的意义。饭后，他在起居室从她父亲那里接过了今天的第二支烟，但谢绝了酒饮，之后，于晚七点半离开了内田家。

　　正明此时的心境宛如大难过后。总的来说，给予对方的印象应该不差。送行至玄关时春香母亲的那句"请下次再来"，他只当是真心话受领了。

　　"去喝杯茶吧。"

　　到达石川町站时，正明提议道。

　　一旦乘上电车，品川站的离别便迫在眉睫。哪怕是片刻，也要把那时间往后拖上一拖。

　　两人随便选了家咖啡厅，隔着桌子面对面坐好，下了单。

　　"今天一天，对春香的了解增进了许多，不过我还想了解得更多。"

　　这么说，也包含了接吻之后的事情。

　　"比如说？"

　　被春香反问，却又不能口不择言。

"比如说——也想去春香现在的住处看看。"

"现在还不行。"

所谓"现在还"不行，即是说早晚可以喽？也许指的就是"不许留我一个人"的生日那天吧，即三月二十四日。美奈的生日是三月二十三日，按照户籍上日期的登记顺序，美奈是姐姐。一不留神便有可能搞错。

"除此之外呢？"

"还有电话号码。"

"告诉你的话，正明君会每天打来吗？"

"嗯！"

"净瞎说，我讨厌等不响的电话。"

"没响的话，打过来不就好了？"

"所以说，和现在也没啥区别嘛！"

不知是否因为回到了老家，春香的措辞里带着横滨女孩儿的味道。

"还有吗？"

"没有了吧……我这边，既没有能介绍给你的亲戚，也没有能带你回去的老家。"

说着，他摊开双手，却发现春香的表情猝然僵硬，视线停留在他身后，正明觉得莫名转过身去，背后只有空墙一面。

"怎么了？"

"没有，没什么。"

下单的饮品端了上来，正明将茶杯送到嘴边，春香却碰也不碰。

"没事吧？你看起来不太对劲儿啊。"

"嗯……咱们走吧。"

结账过程中依然神不守舍的春香，走出店门后恢复了常态。

"刚才那是怎么了？"

"嗯……我接下来要说的话，你能不能不闻不问只当它是耳边风？"

春香忽然停下脚步说，正明有些摸不着头脑，但姑且点了头。

"正明君，灵体感应之类的事，你怎么看？"

凭这一句话，他对表白的后续已有了大致推测，按照她最初要求的，全当没听见了。

"那类东西，我能看见，从小就能。起初，我并不知道其他人看不见，如果我坚持说：不就在那儿嘛！就会被说成撒谎，被说成是怪孩子。妈妈说是爷爷的错，爷爷反过来又赖妈妈，所以打那以后，我就算看见也不再言语了……你能相信我吗？比方说，你也曾经感到过来自背后的视线吧？然后回头一瞧，熟人正朝这边张望，说：果然是内田小姐。背后明明没长眼睛，却觉得有人在看自己，尽管在道理上说不清楚，但事实如此吧？

就和这种情况一样，按常理没法解释，但就是看得见，只有我能看见。"

"所以，在那店里？"

"嗯，它嗖地钻到了正明君身后，一定是察觉到我是'看得见的人'，所以想从我面前绕开，但我发现它似乎想趁机附在正明君身上……"

正明顿时感到寒气逼人，并非因为信了春香的话，而是看她讲得一本正经，她当真以为自己可以看见别人看不见的东西……

"我没事儿，别担心。"

"嗯……说了这些奇奇怪怪的，嫌弃我了？"

"怎么会，你有什么事都不瞒着我，我高兴着呢。"

他勉强挤出了这句话，于是，"太好了"——她脸上露出一百个放心。

说实话，在春香谈及灵体感应的刹那，正明头一次感到：也许我们真的不合适。尽管那只是一瞬。

严冬的寒风向两人袭来。

"走吧。"

正明搂住了她的肩头。

第七章　二分之一

　　进入三月以来，正明日夜烦恼。

　　要不要再去一趟歌舞伎町的 Cherir 呢？

　　上次和纪藤去过那里后，正明声称自己"已经满足了"，这里面有一半是真心话。自己现在正与春香交往，将来两人还会携手迈向婚姻的殿堂，目不斜视笔直向前，这才是眼下应该考虑的。

　　然而，记忆中的 Cherir 诱惑着他，对他说"欢迎再来"。只去过两次的店，第二次美奈不在的店，只有过一面之缘的记忆中的美奈，说着想再见他一面引诱着他。

　　去见她，自己名正言顺。美奈渴望了解关于春香的事，希望通过自己得知生离的孪生姐妹的消息，那种心情是纯粹的，会在乎春香与恋人的进展情况，那也是因为这关系到"姐姐"的幸福。

上个月，对初次见面的美奈有问必答的时候，正明和春香连一个吻还都不曾接过，然而不过一个月的工夫，两人的关系有了进展。自己有将此事向她报告的义务，没有必要愧疚，无非是去见恋人的"妹妹"，见了面也无非就是汇报。

踌躇了近半个月，三月十四日收工后，正明终于向新宿迈开了步子。最后推了他一把的，是春香——定在前一天的约会被临时取消了。

"喂，正明君？"

电话是在周日上午九点多，距离约定时间只差三个小时的时候打来的。

"对不起，今天的约会可以取消吗？我好像得了风寒，早上一起床就觉得浑身发冷，使不上力气，还有点发烧。"

可能是心理作用吧，她的声音听上去都比平时虚弱了。既然这样就没办法了。

"好吧，那你今天就踏踏实实地休息吧，不过下次见面时可要笑给我看啊！"

"嗯，这两天正在换季，正明君也要多加小心。"

"知道了，你自己保重。"

一大早，外面就下起了雨，到了午后，这场雨转成了暴雨。

见不到春香虽然寂寞，好在不需要冒雨出行，算是不幸中的万幸吧。想到这儿，他忽然对春香起了怀疑，她该不会也是嫌出门麻烦，假装生病吧。但他很快打消了念头，并觉得会如此考量事物的自己未免太差劲，陷入到了自我厌恶当中。

一场春雨惹人忧郁，正明盼望着心中的阴霾到了明天便可以云消雾散。幸运的是，这场雨止于当日，而翌日十四号是一个晴天。望着那片蓝天，他不再犹豫了：好，今晚去"Cherir"吧！

收工时分，尽管天空已被完全涂成了暗色，他的决意却没有褪色，春天的星座向他发出邀请，对他说："别把自己关在屋里，今晚应当出外夜游。"

摇摆在满员的总武线列车里，晚八点后到达了新宿站。歌舞伎町一带人山人海，即使是周一的夜晚也一如既往。随着靠近独乐剧场，人潮渐渐稀疏了，等来到目的地那栋建筑附近时，四周的空气已彻底沉静下来。都市的喧嚣已经远去，好似有意留给了正明醒悟的时间。要回头，就趁现在了。

走下四级台阶，通路的右前方有一部粉色的公用电话，他往常都是过而不停，今天却站定在它前面，翻找电话簿中Cherir 的店名，拨下了号码。

"您好，这里是 Cherir。"

从电话里的声音判断，对方是位中年女性，至少不是美奈，大概是那位总穿一身和服、负责接客的妈妈桑吧。

"店，开门了吗？"

"是的，已经开了，请问您是哪位？"

"呃，鄙姓里谷。今天，美奈子她在吗？"

"是问美奈吗？她在的，要换她来接吗？"

"哦，不，不用了，我一会儿就到店里去。"

"原来是这样，感谢您的赏识，我们会恭候您的光临。"

每周六天的营业日当中，美奈出勤三天，见得到或见不到的概率均为二分之一。倘若美奈不在，今天便乖乖回去，不过，她确实在店里。一个月后即将重逢，正明感到心中一阵悸动，仿佛找回了初次与春香约定见面那天的感觉。

乘直梯上到四层，他迫不及待地推开了右手边的那扇门。

"欢迎光临——"

一位注意到正明的女招待放声说道，接着又有四个声音相继响起。店内并无客人，五位女性分别从沙发上起身迎接正明。

在确认到其中美奈的身影后，他不禁露出微笑。于是只有她一人走上前来，脱下了正明的外衣，仿佛她们的角色在最初便已分配妥当。

"您来啦，可把您给盼来了。"

美奈轻笑着说。

"有一个月没见了。"

"您第一次来是在二月连休的前一天，好像在那之后也来过一次？在我不在的时候。"

"是呀，我还以为随时来这儿都能见到你呢。"

"十分抱歉，让您白跑了一趟。"

两人一见面就聊了起来，等在包厢并排坐好了，话题也还在继续。这是为什么呢？和自己的恋人春香反倒因为仅仅两周的空白就变得拘谨了许多。

"所以我刚才在楼下打了电话，问过你在不在后才上来的。"

"哦，刚刚妈妈桑的那通电话……要是我没在呢？"

"那就原地掉头，打道回府。"

"那为什么还要特地跑来新宿呢？出门前打个电话确认一下不就行了？"

"我这个人就是没那么机灵嘛。"

这时，"欢迎光临"，妈妈桑寒暄一声后，把酒瓶放在了桌上。吧台里，三名女招待正在准备玻璃杯和下酒菜，其中就有上次和前辈意气相投的秋的身影，而黏在自己身边的雪并不在那儿。正明些许松了口气。

"能请我喝一杯吗？"

美奈翻翻着眼睛问道。

"啊？好啊，请便，选你喜欢的吧。"

"阿秋——，和平时的一样，拜托了。"

三分钟后，等冰桶和酒杯上齐了，正明和美奈碰了杯。妈妈桑和其余几名女招待则在稍远的一桌闲聊。

"她们让咱俩独处。"

"是我拜托她们的，里谷先生来的时候就像这样。"

美奈的妆比上次见她时更浓了。虽然正明打心眼里不喜欢女人化妆，但对美奈来说，化浓妆本身是有意义的——为了隐去和春香一模一样的素颜。万一认识春香的客人来到店里，也能靠只是有点相似的程度蒙混过去。或许是知情的缘故，只有她化的浓妆正明觉得可以接受。

"话说回来，打那以后怎么样了？——您和姐姐的关系。"

"应该说多少有点进展吧，我今天来，为的就是向你报告这件事。"

"真的？"

本以为她会笑开了花，没想到下个瞬间她脸上拢起了阴云。

"原来是这样，里谷先生会来店里，是因为和姐姐有了进展……"

看来美奈心里并非只有对孪生"姐姐"的祝福，还有些别的更复杂的感情，对携带相同遗传基因降生于世、成长境遇却截然相反的姐姐的嫉妒恐怕也包含其中。就在正明考虑的时候——

"然后呢，发展到什么程度了？"

美奈重新展开笑容问道。

“上个月底，我登门拜访了她的老家，和她父母见了面。”

“这么说，已经是以结婚为前提的感觉了？”

“和她父母之间倒没有特别谈到这个话题，不过和春香已经说好了。”

“原来是这样啊……真不错。”

美奈把羡慕的目光投向空中。

“但是还没有涉及任何细节，像是什么时候啦，怎么办啦之类的。”

“那也是已经决定要在一起了吧？然后……‘那个’方面呢？”

要坦白到什么程度呢？正明犹豫了片刻。

“那天，她把我领进了她高中毕业前住过的房间，我们就在那儿自然地——”

美奈“哇”地摆出双手捂脸的姿势，随后笑了起来。

“做到哪儿了？到最后了没？”

“怎么可能，楼下可有她父母在呢，就稍微亲了一下。”

“哇——，说到底这不还是干了嘛！”

她轻轻拍了拍正明的右肩。

“感觉如何呀？”

“好啊——”

他卡在了“可软了”这几个字上。当时的唇形如今就在眼前。

从美奈的嘴唇上想必也能体验到和春香相同的触感吧。

想吻那嘴唇——他忽然有了个冒失的想法。

他曾暗自以为，既然亲都已经亲过了，今后的每次约会便都能进展到这种程度，然而一周过后，上次约会的时候却没有迎来这样的场面。正因为曾经一度体会过那种感觉，身体才会不停地求索，想要再次体验那柔软的触感。

为了让瞬间升高的体温在被对方察觉前冷却下来，他尝试强行触发其他话题。

"但同时她也向我坦白了，说她已经不是第一次了，曾经有过一个对象，和那男的，那个，做到最后了，就那一次。"

听正明全盘托出后，美奈先是目瞪口呆，接着又露出一副饶有兴致的表情。

"里谷先生听了那表白，怎么想？……"

"没有的话当然好了，但只有一次的话也是没办法的事，再说，她都已经如实告诉我了。"

"她说的当真是实话吗？"美奈以惹人不安的语气质问后，又慌忙补充道，"我的意思是说，或者一般来说，这么轻易就相信一个小姑娘说的话没问题吗？不过我想姐姐应该不会有问题的，说的应该是真话，嗯。"

"美奈小姐……好像和上一次不大一样啊。上次见面时，我能感到你是真心为我和春香鼓劲儿，但今天怎么好像有点别有用心，不管我说什么都泼我冷水。"

正明没过脑子就把话一股脑儿说了出来，于是美奈垂下了视线，眼看就要哭出来似的说了声"对不起"。

"说实话，我心里确实有一半是想为你们加油，可是剩下的那一半却想着，要是里谷先生被姐姐甩掉就好了。我就是这么的不成熟，心里有个丑陋的区域，没办法心甘情愿地替别人的幸福高兴。我自己也清楚，想改，可怎么也改不掉，稍微把持不住就原形毕露了，真对不起！"

"算了，不用道歉，丑陋的部分任谁都有。"

正明反射式地安慰起她来，他觉得如果自己不这么做，泪水眼看就要从美奈的眼睛里滴下来了。

"别讨厌我，行吗？"

"不但不讨厌你，反而对你有了好感，能坦诚地说出这种话的姑娘，打着灯笼也找不到几个。"

"真的？"

美奈脸上终于恢复了明快的颜色，正明也松了口气。

"可是，姐姐已经是有经验的人了，这么一来，我记得里谷先生——"

"没错。"

他没等她把话说完。这种话从别人嘴里说出来难免不快。

"所以说，如果只是一次的话，里谷先生在和姐姐做之前，先体验一下也不要紧喽？倒不如说只有这样，两人之间才能找到平衡。”

"喂，话不能这么说吧！"

正明半愣半惊地否定道。

"我可是在认真为你们俩着想啊，这种事可比你们男人想象的要严重多了！如果里谷先生没经历过，姐姐她一定会有罪恶感的！没经验的事，您和她说过吗？"

"没说过，她又没问过。"

"不问您，说明她觉得男人的话，至少都经历过一两次那种事。如果今后有了在一起的机会，里谷先生又不知该从何下手，那姐姐就会发现您是第一次，结果，她没准儿就更受伤了。"

的确，这样下去便成了女方比男方经验更为丰富的情况。原本小之又小的"一"这个数字，比起"零"来却显得无比庞大。比较之下，过去唯一的错误在她心里也可能成为莫大的过失。正明领会了美奈的用意。

"如果问你经历过几个人，可别照实回答了。"

"我就说不多，但也不是零。"

"行不行啊，女人那个地方是怎么一回事，您清楚吗？"

话说得虽然要命，美奈的表情却始终认真。若换作前辈，这种时候肯定会半开玩笑地说一句：那你就教教我呗。正明可说不出口。

"要是没信心的话——"

美奈正要继续说下去，这时传来了店门开启的声音，后续的话语消失在了空中。

"欢迎光临——，哟，是松本先生呀，欢迎光临！抱歉，我去去就来。"

美奈临了在正明耳边细语了一句，便离席而去了。

这位新来的"松本先生"颇有些面熟。此人正是在银座将春香错认成美奈，伸手抓她手腕的那位胡须绅士，在这家店里还是头一次碰到他。

绅士还没来得及注意到正明，就被美奈领到了靠里的桌席。妈妈桑和其他几位女招待也离开座位，开始在吧台里进行配备下酒菜等准备工作。妈妈桑从柜中选出酒瓶，对正在准备冰块的秋耳语了几句，又趁放回酒瓶的工夫，在美奈耳边说了些什么。被晾在一边的正明，就这么观察起了女招待们的动向。过了一会儿，秋来了。

"您好，还记得我吗？"

"是秋小姐吧？"

"哟，您还记得哪！我是猴年生的阿秋，呵呵，咱们好像是同年吧？美奈因为来了熟客，要去那边照顾一下，很快还会回来的。这段时间就由我来陪您吧，行吗？"

"当然。"

美奈就算在店里，也有必须应付其他客人的时候，这一点正明早已想到了，所以他今天才瞅准了刚刚开店，其他客人还未上座的钟点跑来这里。然而还不到三十分钟，如意算盘就落空了。

同样为秋点过酒水后，两人碰了杯。

"上次都没怎么见您说话，今天和美奈在一起倒是一直有说有笑的。"

"说的也是，上回，不是有位能说会道的前辈在嘛。"

于是，秋说出了正明始料未及的事情。

"没错没错，纪藤先生，在那之后他又一个人来过两次。"

"哎，前辈吗？"

自己与前辈在总社的工厂天天碰面，却从未听他提及此事。

"他有见到美奈吗？"

"有啊，就和今天一样，她让我们都退了席，只留他俩在那儿谈事情，两次都是这样。"

不只是前辈，美奈直到方才还和自己坐在一起，对此事却也只字未提。

他们两个之间到底在商量什么呢？前辈在店里发现了美奈，又曾作何感想呢？

正明感觉身子一滑，坠入了突然裂开的异次元空洞中。

"美奈真是个不可思议的孩子。我们在一起工作了半年时间，她不但脑子转得快，对付男人也很有一套。有时候她特别情绪化，有时候又特别孩子气，到头来，这些都成了吸引男人的法宝。另一方面呢，她又守备得非常彻底，从不轻易让别人跨到自己画好的线里面去。原本以为是这样，她和最近才来到店里的里谷先生和纪藤先生，只跟你们二位迅速成了可以说悄悄话的交情……能和我说说吗，您和美奈到底是什么关系？"

"你问什么关系——"

"不能透露一下吗？我一问纪藤先生，他就用玩笑话打发我。"

那个人的话的确会这么干，但是正明效仿不来，他正发愁应当吐露几分实情——

"其实我也知道个大概……你们白天在一起工作吧？"

秋连蒙带猜地下了结论。原来如此，陪酒也可以是一份兼职，换句话说，有些女招待在白天就是普普通通的公司职员。美奈也是这样吗？如果每周仅有三天到岗，收入想必十分有限。反之，事情也可以这样理解：正因为白天需要工作，晚上才只能出勤三天。不管怎样，美奈在平时做些什么，身为"同事"的秋看来也无从得知。

"这个嘛……无可奉告啊。"

既然秋已经误会了，正明决定就势搭个顺风车。

"纪藤先生说你们是做体力劳动的，那是什么工作呀？美奈是负责处理事务的吗？”

“大概吧。”

“嘁，到底还是不肯告诉我，小气。”

“随你怎么说啦。”

相比之下，眼下有别的事情——纪藤前辈的事情——必须考虑。

前辈独自一人来到店里，遇见了和春香长相一样的女人。误打误撞地落入了自己在过去设置的整人陷阱，他一定吓了一跳吧。正明的女朋友，一个良家女子，怎么会在这种店里上班呢？受到质问的美奈自然会说自己不是春香，那本驾照没准儿也拿给他看了。总之，除了双胞胎姐妹的事有必要藏好外，其余的事情都如实相告了。当初正明会走进店里，是因为听说了有一个和自己恋人十分相像的女人在这里陪酒，被勾起了兴趣；如法炮制，美奈也可以装作是头一回知道这世上还有内田春香这么一个和自己相貌神似的姑娘……前辈第一次来店里时，美奈估计是这么说的。到此为止都想象得到。

然而，整件事情纪藤却对正明避而不谈。换作往常，前辈早就一脸笑模样地说：“吓死我了。”这一次他不但闭口不提，过后还去了店里第二次。再次走访这里，前辈的目的究竟何在呢？难不成是因为想到了什么鬼点子，为了唆使美奈……

“请问您有什么爱好吗？”

秋问，语调中明显夹杂着接待“哑巴”客人时的无奈。的确，现在不是能将沉默进行到底的场合。正明暂且把前辈的事赶入大脑一角，集中意识于眼前的对话。

"爱好……非要说的话，看书吧。"

"那么您都看些什么书呢？"

"一般来说是小说，还有些科普读物什么的。"

"原来如此，我就不行，一看带字的东西就犯困……您看电视吗？"

接着，秋谈起了令她每周都很期待的连续剧。不知是否因为她不擅讲述，正明有些搞不清楚故事的情节，但对于她十分中意古谷一行这位演员，倒是有了明确的认识。据她所言，她眼中映出的古谷一行"非常性感"。

秋就这样陪了正明大约半个小时，但正明觉得自己难得来一次新宿，还是想和美奈说话，也想问她关于前辈的事。他心里一直踏实不下。

于是，他趁秋去续杯的时候，偷偷瞄了一眼美奈那张靠里的桌位，结果和那胡须绅士对上了眼。对方貌似一眼就认出来正明正是当时的年轻人，于是冲美奈摆出一副凶煞的嘴脸，低声质问她什么，美奈则是一脸困惑地进行回应。也不知对质了多少回合，绅士猛地站起身来，美奈也慌忙站起来，想要挽留住对方，但绅士扭头就走。

"先生，请等一下……妈妈！松本先生要回去了！"

在吧台里忙活的妈妈桑连忙走出来。

"哎哟，美奈子是不是做了什么失礼的事呀？"

"不……是我忽然想起有事要办。"

绅士连让美奈给穿上外套都嫌耽搁似的，三步并作两步出了店门。

"刚才，松本先生临出门前，还瞪了里谷先生一眼。"

就像秋小声说的，绅士在临走前还送了正明饱含憎恶的一瞥。

"那是在吃醋啊，绝对的。松本先生来的时候，里谷先生正和美奈在这儿二人世界呢，一定看得他火冒三丈。真是有失风度哪！"

事情恐怕并非如此。刚才与正明四目相视，确认他就在店里的时候，绅士肯定认准了当时在银座见到的两人就是美奈和正明。你果然和那家伙搞在一起，你果然骗了我……想必他是因为把事情曲解成了这样，才夺门而出的。

美奈一直跟了出去，久久不见回来。过了五分多钟，她终于出现了，一脸的不如意，看来误会不解而终了。

"那我去和美奈交班了，多谢您的款待。"

秋从左邻离去，换美奈坐到右舍。

"让您久等了，我回来了……能再请我喝一杯吗？"

为美奈点的第二杯酒端上来后，两人重新碰过杯。

"是不是因为我在这儿，银座的事被误解得更深了？"

正明上来就谈起了"松本先生"。

"不是误解，是我承认了，'当时被先生抓住手腕的人就是我'。"

"为什么？"他惊讶地问。

"从头解释起来太麻烦了，再说，有人和我长得一样这件事，我想还是越少人知道越好。要是太多人知道了，指不定怎么就会难为到姐姐。我想顺便问问里谷先生，这件事您和秋讲了吗？"

"没有，从结果来看，算是没说吧。"

他回想起了上回和上上回的情景，因为恋人和美奈容貌相似才来到店里的事，到目前为止应该不曾向他人提起过。

"那就好。里谷先生，哪怕是只在店里的时候，请您装作是私下里正在偷偷和我交往。这样一来，里谷先生和姐姐约会的时候，就算给店里的什么人看见了——她们要是上前搭话就不妙了，但如果只看外表的话，任谁都会觉得您是在和我约会。"

正明对美奈的用意最初有所不解，却也渐渐抓住了要点。简而言之，为了尽量避免让周围的人知道和美奈相像的另有其人，这么做是有必要的。

"这样的话，再叫您里谷先生就太见外了，姐姐是怎么称呼您的？"

"就是普通喊我名字，正明君。"

"正明君？自己的年纪比您小还能这么叫？我的话，果然还是得喊您一声'正明哥'吧？这么叫……行吗？"

既然说了为了春香这么做是必须的，正明就没法说不了。那么就老老实实地和美奈扮成一对情侣吧。

"可是……假如我们真是恋人，哪儿会有男的往女朋友陪酒的店里跑呢？"

正明抛出了一个随即想到的疑问。

"会来会来，阿秋的男友隔三岔五地跑来。"

看来秋也有恋人。假如自己也处在这么一种立场，到底会不会来店里呢，来这个女友向别的男人献媚的现场。不，实际不就是来了吗，要的就是这种设定。

"那就算是这样吧……然后，我偶然听说，纪藤前辈一个人来过店里了？还跟你嘀嘀咕咕地谈了些什么？"

正明以略带责难的口吻打探道。

"这件事，明明是里——正明哥把他带来的不是，对不对？当时我是不在，要是在的话你有何打算？后来他一个人来这儿的时候，见了我就一脸惊恐的样子，搞得我都乱了手脚，问他有何贵干。他自称是里谷先生领来的客人，名叫纪藤。哦，原来是正月时一起去滑雪的人，所以说他认识姐姐——多亏我当机立断，好歹没把事情闹大。"

反倒被她责难了。

"本想一见面就告诉你来着，可正明哥说起了姐姐的事，那就先听你说吧，结果又没工夫了。"

换句话说，若不是松本先生来得不是时候，美奈早晚会主动提出来的。

"你告诉前辈了吗？双胞胎的事。"

"当然没有了，我和纪藤先生说，我们确实不是同一个人，有一个人长得和我很像这件事，我也是最近才知道的，先是听松本先生说他在银座碰到了我，后来里谷先生——正明哥来到店里，我才知道了详情。他一开始不相信我，直到看了驾照才终于接受了。"

看来第一回见面的经纬基本如正明所料。

"原来如此，但是我听说前辈还来过一次，那次说的又是什么话？"

于是，美奈脸上泛起些许难色。

"第二次……那人像是来勾搭我的。他说，其实他在滑雪的时候就对姐姐一见钟情，说他特别羡慕正明哥，然后知道了还有另一个长得一模一样的女人，'原来里谷老弟是想把那姑娘介绍给我呀'……他说的是真的吗？"

原来前辈是这么想的……

"不，我只是想吓唬吓唬他……怎么有钱人家的大小姐会在这种地方上班呢？猛地一下肯定会大吃一惊吧？于是和他说，其实不是同一个人，但是长得很像吧，像这样一点点把实情告诉他，然后听他感慨一句'原来如此'——我期待事情能变成这样，但是现在回过头来，把前辈带来也许不是一个好主意。是我做事太欠考虑了，我道歉。"

说完，正明深深低下了头。

"嗯，我想也是，不过既然事情已经发生了也没有办法，还是考虑今后的事吧。所以说，怎么办呢？那个人，我想他还会来的。今天看来还不要紧。"

听到最后一句时，正明心里一紧。今天，在这儿，和前辈撞个正着的可能性也是有的。

"上次，他提前打来电话，确认我在之后才来的。今天也有电话找我，还以为是他要来，原来是里——正明哥。啊，正明哥又要来了，又可以听他说姐姐的事了，我可高兴了！可是，来的不是纪藤先生，心里又有点失落。"

"你是乐意前辈来的？"

正明不敢相信自己的耳朵，他反问道。

"是啊，他对我可是认真的，人又风趣，但不只是因为这个，那个人，别看他那副德行，对将来的事其实考虑得可仔细了。"

"他连创业的事都跟你说了？"

"嗯，说想自己办个公司。"

连这种事都说了，连这个直到最近还对自己保密的"梦想"。

"其实，我是喜欢这种类型的人的，要不是因为有姐姐的事，我还真想和他交往看看。"

这句话对正明可是一个不小的打击。

"我——"

"我也喜欢正明哥，正明哥长得帅气，虽然和纪藤先生完全不是同一种类型的人，不像相声演员那么幽默，但是正明哥可靠啊，如果女朋友遇到什么状况，正明哥一定会奋不顾身保护她的。还有，正明哥不像是会在外面乱搞的人，这一点从女性的视度来看也很优秀。纪藤先生虽然完全是另一种类型的人，不过仍然很有魅力，很性感。"

"性感……"

和古谷一行的场合不同，若说纪藤前辈性感，正明或多或少可以理解。纪藤和彦身材魁梧，长了副运动选手的好体格。

"可是，姐姐和正明哥连在一起，正明哥又和纪藤先生在公司里是前后辈的关系，这种情况下我再和纪藤先生交往，就和姐姐牵上线了。万一纪藤先生心血来潮，想让我和姐姐见面……他本人也许只是想撮合两个长相相似的人，导演一出难得一见的场面，但是由于我在秋田出生，姐姐可能会从中发觉自己出身的秘密。所以说，我和姐姐绝对不能见面，为了这个我也不能和姐姐有一丝的联系。"

说到底，正明原本就不该带纪藤来这家店。

"所以我必须拒绝纪藤先生，我明明喜欢他——怎么会有这么痛苦的事呢？眼前有两个让我心动的男人，但正明哥已经选择了姐姐，那我就挑另一边吧——怎么就不行呢？"

相同的话感觉前辈也憋在肚子里。有两个魅力四射的女人，正明已经选了其中一个，那我就要那另一个吧——怎么就不可以呢!

"还有一件事让我放心不下——"

美奈一脸严肃的表情，有条不紊地对正明说道。

"我觉得自己和姐姐对男性的喜好十分相似。换句话说，正月那时，因为纪藤先生有女朋友，姐姐才毫不犹豫地选了正明哥，然后一直交往到了现在。但如今纪藤先生不是和当初的女人分手了吗？所以说，再不上点心的话——"

"别开玩笑了! 不可能的事。"

即便是孪生姐妹，喜好也未必就相似到如此地步，好比在性格上，春香和美奈就相差甚远。美奈的假设太过蛮横了，可以轻易否定掉，正明想。

"据我所知，纪藤前辈——外表那方面我不清楚，但至少就性格来说——和春香的喜好差得很远哪。此外……对了，美奈小姐——"

"叫我美奈就行。"

她突然插了一句，于是正明遂了她的意。

"美奈，你觉得自己能感应到灵体吗？比如说能看见别人看不见的东西。"

她听了一脸茫然，愣了片刻后，好像明白了什么似的。

"姐姐是这么和正明哥说的？说自己能感应到灵体……不是玩笑话？"

"嗯，不是开玩笑。"

于是美奈露出了带着少许困惑的笑容。

"感觉不到，而且我也不信什么幽灵。"

正明听了，心里踏实了一点——要是姐妹二人都说了同样的话，那该如何是好啊！

"就是说啊，我刚听到时也吓了一跳……你看，就算是孪生姐妹，外表长得再像，内在也还是有区别的。"

"说得也是。"

美奈吐出了小小的舌头。

"如果姐姐和我一样对纪藤先生一往情深的话，为了避免不必要的麻烦，还是由我来缠住纪藤先生比较好吧——可能我就是因为想说这个，才把姐姐扯进来的。不过对里——正明哥，我和姐姐的喜好可是一致的哦，这一点千真万确。"

"别再说了……我的心会动摇的。"

可能也有酒醉的关系吧，这句心里话竟一不留神从正明嘴里漏了出来，然而美奈却显得不为所动。

"就算正明哥说动摇，像我和姐姐这种情况，模样几乎没有差别。如果对象是我的话，再怎么动摇也算不上出轨吧？倒不如说正明哥实在是太爱姐姐了……"

不知从什么时候开始，话题越跑越偏，于是正明回到了主旨。

"说到底，前辈的事你打算怎么办？"

"他要来店里我也没办法，不过，除此以外的来往太危险了，我想我会和他保持在女招待与客人的关系上，就这么办吧。剩下的，就只有等那个人对我死心了……"

这样说着的美奈的神情，怎么看都带有几分落寞。在"姐姐"春香毫不知情的地方，"妹妹"美奈正为了她强迫自己做出牺牲，一个人挑起了这个费力不讨好的角色。

"如果有什么我能为美奈做的……"

正明同情地说，于是美奈瞬间又绽放出了明亮的表情。

"眼看就要到我的生日了——话说回来，正明哥，你知道姐姐是哪天生日吗？"

"哦，三月二十四。"

"二十四号？那我还早她一天，我是三月二十三。"

"一定是春香的父母想把日子错开，哪怕一天也好。"

"是吗，可是这样一来，我就变成姐姐了……"

她的表情好像是在说，这可难办了。

　　"不用勉强，还和现在一样，春香是姐姐，美奈是妹妹，变来变去太麻烦了。"

　　"说得也对，这件事就不管它了，然后，正明哥给姐姐准备什么礼物了没？"

　　"呃……礼物啊，她之前和我说，只要生日那天陪着她就好了——"

　　其实正明心里也不认为这样就算是行了，但由于他几乎可以说是头一次交女朋友，对象又是富贵人家养大的千金，选礼物在他那儿成了一道相当棘手的难题。与其失手送了无趣的东西，两手空空可能反而比较好，他有半条心已经死了。然而美奈却说这样不行。

　　"依我看，女生都是想要礼物的。"

　　"嗯，我也这么想。"

　　"想归想，到了现在还什么都没准备吧？只剩下十天了哦！这样吧，我陪你去买礼物，不过作为交换——"

　　"也得给美奈买份礼物。"

　　"没错，你觉得怎么样？"

　　说完，她露齿一笑。正明觉得那张脸甚是可爱，若春香也能不时对自己做出这种表情该有多好，哪怕只是偶尔为之。

　　"我看行，问题是——什么时候？"

　　"和姐姐的下次约会是怎么安排的？应该会赶在连休假期吧？"

"还没定，周日或者下周一，估计是这当中的一天。"

若是留宿在外的约会当然开心了，可是不管怎么想，下次都不可能有这种突飞猛进的发展。

"所以得在那之前喽，星期六，正明哥那边是上半天班，对吧？"

"嗯，考勤算到中午，下午干活按加班处理。"

"那就这周六的下午，如何？"

由于周日几乎被约会消耗殆尽，正明通常将打扫、洗衣等事宜安排在周六下午。但既然下周一是"春分之日"的公共假期，豁出周六下午倒也无妨。

"我没问题，美奈你呢？"

"为了正明哥和姐姐，再难也要把时间挤出来，再说，我还想要正明哥连我的礼物也一起买呢！"

就这样，正明约好了这周六与美奈一同购物。姐妹俩的声音完全一样，万一在电话里搞错了就危险了，因此他没有透露自己的号码，而是当场决定了碰面的时间地点——三月十九日下午两点，涩谷广场八公像前。若等候美奈超过三十分钟，便放弃行动。

"咱们在讨论这种事的时候，真的好像一对男女朋友耶！妈妈她们一定也是这么看的。"

正明听了不禁长出一口大气，其实有那么一瞬，他也被同样的错觉所困扰。

第八章　梦中有你

　　翌日，由于开工前时间不够充分，正明在收工后找上纪藤，说有话想对他说，并把他请到了宿舍自己的房间。

　　"我其实是想问——前辈，后来你又去了两趟 Cherir，是吗？"

　　正明单刀直入地问道，于是纪藤脸上瞬间闪现出被人釜底抽薪的样貌，不过——

　　"你会知道这件事，说到底你也还是去了，昨天去的？"

　　嘴角泛着轻蔑的笑容，纪藤反击了。

　　"我怎么记得里谷老弟之前和我一起去的时候，说过类似'再也不去了'这种话，所以在这一点上咱们彼此彼此嘛，还有什么，你接着说啊？"

　　正明一下子有点颤颤巍巍的。

"嗯，我觉得问题在于，这件事前辈怎么没告诉我呢？前辈一个人去的时候，见到美奈那姑娘一定吃了一惊吧？其实带前辈去的那天，我是打算吓前辈一跳来着，结果她那天休息，我的计划也落空了。也算上这个原因，'后来我自己又去了一次，哎呀，真是惊到我了！'像这样的报告为什么没有呢？我怎么都觉得不对劲儿。"

正明想以此为突破口，打探打探前辈的真意。

"你当真不明白？我是在报复你！"

纪藤嘴里冒出了令他心惊肉跳的话，霎时间，一股无法言喻的不安向他袭来。这时，纪藤憨笑起来。

"咳，所谓报复，说白了，就是这回该轮到我吓唬你了，跟你说我又新交了一个女朋友，想把她介绍给你，然后站在我旁边的是那姑娘，里谷老弟一定会大吃一惊吧？让她把妆一改发型一变，就更有内田小姐的意思了，只要有那么一瞬，能让里谷兄误以为是内田小姐被我抢走了，能看见你心急如焚的惨象，我就算成功了。所以才没告诉你后来我自己去店里的事，还和美奈说让她和我交往——是吗，看来已经露馅儿了。"

前辈没有向自己汇报他一个人去 Cherir 见美奈的事，是为了以眼还眼。原来如此，还算合乎逻辑。

"这么说，你是为了报复我才勾搭美奈的？"

现在他心里踏实点了，便问纪藤。

"不，报复的事另当别论，我想和美奈子交往的心意本身是十分真诚的。"

正明想要发表意见，却被纪藤用话顶了回去。

"我知道你想说什么，如果我和她交往了，会导致内田小姐和美奈子这两个非常相像的姑娘直接碰面，从而生出许多不必要的麻烦，所以你不同意，对吧？这我明白。声音和模样都像成了那样，当事人心里一定会觉得不舒服，这我也想过。你没把在那家店里见过美奈子的事告诉内田小姐，也是因为这个吧？当初我是考虑过，和美奈子交往后搞个四人约会什么的，让内田小姐和美奈子互相见见，然后，'哇，长得真是好像哦，简直就像双胞胎姐妹一样，真是有缘啊，咱们好好相处吧！'想事情会不会变成这样？但仔细想想，内田小姐是有钱人家的大小姐，人又聪慧，美奈子却是个陪酒女郎，一想到这种立场上的差异，就又觉得两个人相处起来不会那么顺利。其实我问过美奈子了，她说她坚决不愿意和内田小姐见面，见了怕给对方添麻烦，更怕自惭形秽。"

原来前辈和美奈之间还有过这样的对话。

"但如果因为这个理由就要我放弃，我的感情又该何去何从呢？既然美奈子不想见内田小姐，那就没有必要硬让她们见面嘛！美奈子是我的美奈子，内田小姐是你的内田小姐，两对恋人罢了，仅此而已，有何不妥？当然了，咱们毕竟是同一家

公司的前辈和晚辈，以后呢，比方说你们商量着要结婚了或是
怎么样，我还是有可能见到内田小姐的，或者反过来，你和我
一起去那家店里见美奈子，这也没问题，只要别让这俩女的直
接碰上不就行了？关键还是要把当事人自己的意愿摆在第一位。
我觉得我想和美奈子交往的意愿是相当认真的，所以我才会去
店里找她。不就是这么单纯的一件事吗，为什么我一定要被你
反对呢？如果咱俩调换一下立场，你不觉得这样很可笑吗？"

　　于情于理前辈讲得都没错，但是眼下不能这么轻易就被他
说服。

　　"可是，前辈原本不是想创立自己的公司——不是和我说有
这么一个梦想吗？还说在那之前都不打算结婚，所以和高田小
姐分了手……听你那么说，我以为前辈现在没有和女人来往的
意思。"

　　"不对不对，那是里谷老弟你会错意了。我呀，只要有好
姑娘，不管什么时候都愿意和她交朋友，因为恋爱和结婚本来
就不是一码事，可没有哪条法律规定一定要以结婚为前提才能
和女人交往吧？"

　　这里便是两人观念有所不合之处。若依了正明的价值观，
男人要对与其交往的女性负起相应的责任，因此，与高田尚美
相处一年又半，将其肉体贪食殆尽的前辈，理应负起责任娶她
为妻。

这种考量方式已经有悖于时代了吗？

"考虑到结不结婚的问题——那阿尚就很不合适了，如果对象是个更好的姑娘，我也可以选择放弃创业梦，和那姑娘结婚。至于美奈子——还没有开始交往结果我并不清楚，不过等到实际相处起来，再有人问我是要结婚还是要创业的话，我想我会选她的可能性相当大，谁让她和内田小姐一样是个美人呢？"

看来令前辈回心转意几乎是不可能的，剩下的，就只能祈祷美奈将他拒绝到底了。然而美奈心中仍存有对前辈的好意，万一她在他的热情面前败下阵来——春香与美奈之间便是相隔一线。

"反正我已经想好了，今后还会去 Cherir，你是怎么打算的？我还没问你为什么昨天又跑去店里了？"

"这——"

因为和春香的关系有了进展，为了向"妹妹"美奈汇报——这个理由肯定不能实话实说，但若有所隐瞒，正明便会失去前往 Cherir 的大义名分。对语竭词穷的正明，纪藤步步紧逼。

"最开始应该是因为那件事吧，内田小姐在银座被 Cherir 的客人抓住了手腕，被错认成了美奈子，所以你便寻思着，那般相像的姑娘当真存在吗，被好奇心驱使着到了店里。第二次是为了吓唬我，带我一起去的。到此为止我都理解，但是第三次，你又为何而去呢？"

"因为——我以前没去过那种店，上回那瓶酒也还没喝完。"

结果，他只编得出这种借口。纪藤依然向他投以怀疑的眼神。

"你该不会是盯上美奈子了吧？"

"不是那么回事，我都已经有春香——有内田小姐了！"

正明这次答得干脆利落，于是纪藤的面色终于缓和了。

"那就好，你对内田小姐别无二心，我呢，继续对美奈子展开攻势，没问题吧？"

正明有事藏在心里，说起话来也就没那么硬气。难道这就是此次会晤所达成的共识了？

不如在这儿把一切向前辈挑明——却又不能这么做。一想到前辈为了另起炉灶已对自己的存款两眼放光——对利益滴水不漏的前辈一旦知道了春香出身的秘密，又会采取怎样的行动，正明对此深有顾虑。当发现美奈和春香其实是一对双胞胎时，前辈会作何打算呢？既然是孪生姐妹，那么春香有的美奈也应该有，恐怕他会如此盘算着向内田家索取。在他眼里或许只是对正当权利的主张，对春香的双亲而言却与勒索无异。要么，她父母就这么被榨取了钱财，不然，春香了解到她得以信赖二十三年的亲子关系中存有谎言——不论哪种结局都不可谓理想。虽然不忍将前辈视作无可救药的恶人，但与其在信任后遭到背叛，不如从一开始便所有提防。

　　既然如此，不如索性一开始就把真相告诉春香，如何？一旦了解到与养育自己二十三年的父母之间并无血缘关系，她肯定会受到相应的打击，但也许没有自己担心得那么严重。将交际关系启动时她曾说过，两人在性格上有着相似之处。她把正明评价成了意志"强韧"的人，而她本人也如出一辙，拥有不为常事所动的"强韧"的精神力量，出身的秘密没准儿也就淡然接受了……

　　不过事情又无法断言。上个月被邀请到横滨内田家的时候，春香在自己面前坦露出了在那之前所不曾有过的"毫无防备的自我"，其中表露出的心境，似乎不仅仅是希望自己了解她的全部。对父亲包含尊敬的眼神，和母亲一起做料理时露出的笑容——她是那么的信赖父母，至今一直深爱着他们。正因为至今仍被双亲的爱包围着，守护着，"强韧"的春香才会变得如此"疏于防范"。自己手中紧握的"出身的秘密"，恐怕能将她最为信赖——最为脆弱的部分彻底摧毁。

　　"这些书，里谷老弟你都读过了？"

　　回过神来，前辈正在翻弄墙上的书柜。

　　"差不多吧。"

　　"书这种东西，读过一遍不就算完了嘛。"

　　"的确，很少有机会再读一遍，但还是会想要留在身边吧？作为活到今天的证明。"

"这么说来，这些就是里谷老弟的人生喽！"

四叠半房间的一面墙上，并排摆放着三个九十厘米宽的书柜，不论哪个都是出自正明之手。书柜几乎被文库本填满，余下的空间所剩无几，他惦记着等有时间了，再做一个。

"能借一本给我吗？"

"可以啊。"

"我看看啊，哎，这不是江户川乱步嘛，就这本吧。"

纪藤从柜中抽出的是《二钱铜货·巴诺拉玛岛奇谈，及其他三篇》。取出书后，他顺带衔住隔板前后轻轻摇晃。

"想不到还挺结实嘛！"

"因为与合板组合家具的工艺不同。"

"这不也是合板吗？"

"不，里面是实木。直接上实木分量太重，所以要先沿着木纹切割木材，再把切出的薄板用作隔板的板心。"

书本的重量其实比普通人想象得要重，合板隔板往往因经不住那重量而扭曲变形。若采用实木隔板虽然可以耐受重量，但如此一来书柜本身就变得笨重不堪了。

"原来如此，正因为是做给自己用的，才琢磨出了新产品的构想。"

"但也只有书柜我才会从消费者的视角去考虑。"

床铺、桌椅，室内其他的家具全部是公司卖剩下的产品，只有书柜一定要自己动手，做出个称心的物件。

之后，两人聊起了工作上的话题。收工后员工间谈论工作是很少有的，不过一旦认真讨论起来，话题便从购入的板材到作业工具，再到技能考核，层出不穷。

"最近比较在意的就是进货价格，一想到要是自己单干了——"

可以说是不出所料吧，终归还是演变成了前辈创业的话题。

"从无到有建设自己的工厂，到底还是需要太多钱了，我正在考虑的办法是找一家陷入经营困境的町工厂，买下经营权，然后把业务从原云揽过来，只要凑到机械和工具，初期投资额应该可以相应地往下压一压。"

即便如此，自掏腰包两三千万也在所难免。

"都说日本人有钱，可咱们自己完全没有这种感觉吧？为什么呢？想来想去还是因为不动产。车站前边盖了不少楼房吧？你想想看，那片楼群里的每一栋可都是有主儿的，可能是公司的，也可能是个人的，但不管怎么说，连楼带地都能标出十亿、二十亿日元的价值。东京建了多少高楼，就有多少财主。不只是高楼，车站那一带你也逛过吧？光是有一块三十坪的空地，就相当于有了三千万日元，盖成独栋，三千万日元就变成了五千万日元，随便一家独门独户，只算地皮和房屋差不多就有两亿。住在那种地方，连眼前的风景都能标上几十亿日元甚至几百亿日元的价签，好像有钻石和金块在地上轱辘一样。但是土地房屋和钻石金块不一样，不用担心被人偷去，一旦拥有便是人生赢家。那帮家伙把它们据为己有，咱们却两手空空。不过也就是现在了，那些东西迟早是自己的囊中之物，脑袋里就得这么转才能功成名就，不过没有脑子的人到死都只能替别人卖命，我可不想变成那样。"

所有的土地、建筑都为人所有；建筑的数量与金主的数量一脉相承。事情都是理所当然的事情，但被特意点明后，正明有种茅塞顿开的感觉。往右看是五十亿日元，往左看是二百亿日元，迄今为止自己从未以这种姿态审视过东京的风景，按照前辈的分类法，自己应当被纳入"到死都只能替别人卖命"的群体。

事到如今，他再次体会到自己与春香家庭之间的等级差距，再次感受到内田家的强大。春香的父亲不但经营着一家不动产公司，个人名下还拥有楼房、公寓数栋。不过只要与春香成婚，自己终将成为"那一侧"的人。哪怕是出于这个目的，也有必要以前辈为榜样，趁现在学会那一侧的思考方式，否则历尽千辛将"无法盗取的钻石和金块"淘换到手，却成了投珠与豕，暴殄天物。

"所以我就算豁出命去，也要尽可能趁年轻的时候盘下自己的土地，建造自己的城池。其实我已经看上了东日暮里的一家工厂——"

"东日暮里，不是高田小姐那儿吗？"

元旦滑雪去接高田尚美时，正明也在前辈车里，因此他知道她就住在那附近。

"没错，每次接她送她，都从那工厂前面经过，每次看到它我都在想，这里就挺好嘛！"

"那不等于把工作地点搬到她家门口了？"

"还顾得了那么多？那家伙过些日子就该嫁到别人家去了。"

这时，正明眼前的电话响了起来，他本能地把手伸向电话，却不忘用侧目观察前辈的样子，纪藤在床上坐得稳稳当当的，正明只好无可奈何地提起话筒。

"喂，我是里谷。"

"正明君？是我。"

正明看了眼桌上的闹钟，心想才七点而已，今天可真早啊。

"我说，昨天晚上你是不是出去了？我给你打过电话。"

"哎，几点？"

"九点左右吧，你和人出去喝酒了？"

不知什么时候纪藤从正明后面贴了上来，小声问他，"莫非是内田小姐？"正明轻轻点了点头，于是——

"是内田小姐吗？我是纪藤！好久不见！"

纪藤对着话筒大声喊了起来。

"纪藤先生……你也在那儿？"

"是啊，我们俩正说在兴头上。"

"正好，我有话想对纪藤先生说，正明君，能换他接一下吗？"

"哎？"

"是阿尚的事，前两天我碰到她，她怎么说和纪藤先生分手了，这件事是真的吗？"

"嗯，我也是最近从前辈那儿听说的。"

"这件事我必须说道他两句，把话筒给他。"

对此正明相当不爽，却也只能无奈地向前辈递出话筒。

"她说换纪藤先生来听。"

"我？"

电话里换人接听，位置也必须拱手相让，正明把桌椅让给前辈，自己坐到了床沿上。

"喂喂，电话交代了，我是纪藤。元旦的时候承蒙你的关照，不，没什么没什么，你要是愿意，和里谷老弟咱们三个再一起去啊？"

一开始还嬉皮笑脸地，但恐怕是被春香盘问了"为什么和阿尚分手"——

"哎呀……所以说，这是我们沟通之后做出的决定。啊？就问我？……要是我说腻了，你不会凶我吧？"

正明听了倒吸一口凉气，他把"腻了"听成了"秋田"。当然了，春香生在秋田的事前辈不可能知道，但是美奈子在秋田出生的事就难说了。①

"嗯……你这么想也无妨……换人来接了。"

纪藤交出了话筒，正明与他互换位置，重新拿起电话。

"喂。"

"啊，正明君？抱歉，我过一会儿再打来，先挂了。"

随着咔嚓一声通话被切断了，正明无奈地将电话挂了回去。

"说什么了？"

"还能有什么，问我为什么和阿尚分手，说我这不是不负责任嘛。谁说的，对那家伙我可是尽职尽责了。"

"什么责？"

于是纪藤用右手做出了 OK 的手势，而正明显然有些不得要领。

"避孕啊，避孕，我是绝对不会把她肚子搞大的，这个责和她交往的时候我可有认真负。但是我总不能和内田小姐说这个吧，再说问题原本也不在这儿，她说我应该负起责任和阿尚结婚。事到如今说这些还有什么意义，我的心思已经不在阿尚那儿了，硬着头皮结婚只会让两个人变得更加不幸，里谷老弟你说是不是？"

---

① "腻了" 和 "秋田" 在日语中发音相近。

不是。中途变心的话，没有信心相爱到最后的话，一开始就不应该交往——正明是这种观念的持有者。

"唉——，真是……对了，里谷老弟，你这电话再借我用用行不行？"

"有什么不行的。"

本以为他要打给高田尚美，却不是那么回事，正明感觉他拨号的顺序似曾相识——这并不奇怪，与正明昨天在粉色电话上拨出的相同，那组正是 Cherir 的号码。

"喂，我是纪藤，晚上好，美奈子今天来店里了吗？哦，是嘛！好，好，过会儿见。"

放下话筒，纪藤已是喜形于色。

"那就这样，我去说服美奈子，走了。哦，这本书我借走了。"

纪藤挥着手里的文库本，走出了正明的房间。

结果，春香的电话——在那之后过了两个小时——晚上九点多的时候终于打来。

"对不起，本来想马上拨回去的，我先给阿尚打了个电话，聊着聊着就聊到了这么晚。纪藤先生……已经走了吧？"

"嗯，喝酒去了。"

"是吗，我和阿尚谈过了，既然当事人双方都已经接受了，我也觉得那就这样吧，所以就不说他们的事了，从现在开始，我要享受和正明君的二人世界。"

"再怎么样，电话里也不如直接见面来得享受啊。"

正明试探着把自己的想法直接告诉了她，于是——

"对不起，我前天临时把约会取消了。"

"身体好点了吗？今天听起来似乎还可以。"

"谢谢你关心我，结果好像也不是风寒。前天给你打完电话后，一直裹着毛毯躺在床上，然后晚上就复活了，一整天什么都没吃，所以一口气喝光了两人份的浓汤。"

"这么说现在——"

"已经完全好了，力气多得用不完。正明君呢？下次约会如果因为正明君倒下而泡汤我可不干。"

"说起来下次约会要怎么办？周日和周一是连休。"

"我这边大学已经放假了，教授们也不来学校，所以哪天都行，正明君哪天比较方便？"

"我也是哪天都行。"

他这么说，是期待对方能提出"那咱们约个两天一晚吧"，或是"那咱们在外面住一宿吧"，然而——

"那就星期一吧。"

每周一次的步调看来不容打乱。

"还有，春香的生日快到了吧？二十四号，不过是个周四。"

春香听后沉默了一会儿，说："工作日……恐怕还是不行吧？"

"怎么不行，我已经想好了，那天请假。"

"真的？"话筒中声音悦动，"对不起，让你迁就我。"

"哪儿的话，是我自己想这么做的，打心眼儿里想这么做。"

"正明君，你真是个好人……"

之后，两个人同往常一样始终谈论着无关痛痒的话题，但其中的一段对话留在了正明心里。

"恋爱，最重要的还是精神上的相连。你可曾这样想过？除了地上的这个世界外，还有一个叫作精神世界的地方，咱们所有人也都住在那里。起初，大家在那个世界里寻找自己的容身之地，寻找一起生活的同伴，不论是我自己还是正明君，在遇到彼此前都处在这个状态。但是在相遇后，彼此将对方确定为唯一的伴侣，如今已经买了土地，盖了房子，在那儿开始了共同的生活。可有这么想象过？"

"没有……听的时候我在想，不愧是地产大亨的掌上明珠。"

"哎，这想法有那么奇怪吗？你看，在现实世界里人们一旦买了土地盖了房子，基本上就定居在那儿了吧？我觉得恋爱也是这样。有些人，在单相思的阶段就着急把房子盖好，被对象甩掉以后久久不能从那里走出来。还有些人，好不容易才住到了一起，却遗弃了房子一走了之。喏，很像吧？就算不曾在现实世界中住在一起，一旦在精神世界里开始了共同的生活，被伴侣丢下时的打击是一样的。考虑到那个世界的情况，我觉得男人不想着担起责任的是不行的。"

　　她会说出这种话，说明她满脑子里仍然都是纪藤前辈和高田尚美的事吗？还是说她在为她与自己的关系担心呢？自己应该与那种顾虑无缘才对。

　　"不管怎样，我的眼里已经只有正明君了，虽然现在只能像这样在电话里和正明君说话，但是在我心里，和正明君在精神的世界里已经同住在一个屋檐下了……正明君也这么想吧？"

　　"嗯，我的眼里一直以来都只有春香一个人。"

　　这句话与其说是发自肺腑，不如说是"屈打成招"，再加上一听到"精神世界"这个词，便会不自觉地联想起"灵体感应"那档子事，正明一不留神险些叹出气来，他慌忙屏住了呼吸。这种话题他实在应付不来。虽然相互之间的信赖感尤为重要，但是责任，果然还是现实世界中身体相连后的"责任"。若是这个"责任"，自己已经做好了担负的准备。

　　不管怎样，在精神世界里"购买土地"的想法，与刚刚从前辈那儿听来的，在现实世界中获得不动产的说法产生了联系，使得这一话题直至日后仍残留在了正明的记忆里。

　　结果，这天两人聊了近一个小时。发觉时针已指向十点，春香说："嗯，差不多该挂了。下次约会是在下周一，我还会给正明君打电话的，碰面地点到时候再定，拜拜喽。"

　　"嗯，晚安。"

　　交往之初每晚都翘首以盼的春香的电话，如今也已变得不那么要紧了。只闻其声已无法令他满足，还想要直接见面，创造出两人共有的时间和空间，想吻那嘴唇，想抱那身体。这股冲动日益强烈起来。

先是周一，接着是周四，机会就在下周，一定要将两人的爱情再向前推进一步。

在那之前还有和美奈约好的周六下午。对这边同样翘首以待的自己，或许还未确实在春香所说的"精神世界"中购买土地。

当天深夜两点过后，起身去卫生间时，正明忽然因为不知前辈是否已经顺利回到宿舍而感到不安，随即绕到了门厅。被灯照亮的门厅里，前辈那张提示在或不在的名牌上显示为红色——不在。然而，由于归宅时忘记翻牌的情况多有发生，单凭这一点不足以定论。于是他又去检查了鞋柜。柜里放的不是前辈外出时常穿的运动鞋，而是一双室内用的拖鞋。

纪藤前往歌舞伎町的 Cherir 后一去不返——在这同美奈相会的夜晚。

曾几何时，自己与美奈一同畅饮至打烊，因错过末班电车而投宿于新宿的胶囊旅店——前辈也是一样吗？但愿如此，正明在心里默默祈祷。

第九章　黄昏到访

周三清晨，正明走进食堂，发现前辈就坐在那儿，一时不知该如何开口。

他昨晚明明留宿在外，什么时候回来的……

纪藤的眼睛盯着电视，手上忙着扒饭，那架势和平常的没什么两样，这反倒让正明有些发怵。

"昨晚在哪儿过了一夜？"这句话他已问不出口了。

但是他真正想问的并不是"在哪儿"，而是"和谁"。这才是问题所在。

是一个人独守长夜，还是和美奈共度良宵呢？

纪藤看似并不知道自己留宿在外的事情败露了，注意到正明的时候他显然有些意外。

"哦，早上好。"

招呼打得也和平时一样。

"啊，早上好。"

"嗯？怎么了？找我有事？坐吗？"

纪藤一副有所察觉的样子问道。

"哦，不，没什么，打扰了。"

正明赶紧道了歉，但纪藤的视线对着电视画面，注意力似乎已不在他身上了。

正明从配膳柜台领了早餐托盘，在离纪藤不远的一张桌旁坐了下来，一边用筷子搅着纳豆的小碗，一边整理思绪。

问题到底出在哪儿呢？如果前辈和美奈已经共度一夜……不只是这件事，如果今后两人的关系继续发展下去……

如果事情真的成了那样，眼下还不至于生出什么格外棘手的麻烦。

最不容掉以轻心的，就是春香出生的秘密被暴露给了她本人。关于这个问题，比如美奈和春香在街角不期而遇，这种可能性——不论前辈与美奈交往与否——基本上不会有变化，除非前辈一时兴起将两人牵到了一起，不过他和自己已有言在先，不会这么去做。

因此，必须考虑的是更长远的事情，前辈和美奈最终走向婚姻的情况。

一方面，正明已决定在不远的将来和春香结婚。内田家门第显赫，结婚典礼必不可少。届时将有众多原云的上司、同僚作为男方嘉宾应邀出席婚礼，而春香将在众人面前盛装亮相——这些在正明心中已成为既定事项了。

另一方面，如果美奈和前辈进展到了成亲的地步……

事情一旦成了那样，就怎么也瞒不过去了。到时候公司里势必会流言四起，怎么纪藤和彦的结婚对象和里谷正明的老婆长得一模一样呢？这个流言不久便会传到春香的耳朵里——一旦弄成了这样，麻烦就大了。

流言散布靠的是人脉，因此，正明需要做的仅仅是将其切断。简而言之，只要辞去这份工作，问题便可自行消解。

正明不由得把食堂里看了一遍，有十几位员工正在吃早饭，张张都是熟悉的面孔。

已经任职六年的原云工业股份有限公司，即使从调动到本社工厂算起，也有四年了。四年来，正明几乎每天都在这所食堂就餐，过着一成不变的生活。他曾认为自己除此以外无处可去，婚后搬出单身宿舍的可能性虽说不是没有，但是不会因此而辞去这儿的工作，而且还打算一直干到退休——就在两三个月前他还对此确信不疑。

然而时过境迁，如今他了解到还有别的选择。如果能够仰仗内田家的财力，就算继续做个家具职人，也完全不必受雇于他人，可以创办一家属于自己的工厂。或者顺应内田家的安排，也可能会继承春香父亲的公司，转战房地产业。

不经意间，"离巢"一词浮现于脑海。

不久后，自己将从这里"离巢"而去，展翅高飞，翱翔天际。一定会的。

到时候，春香也会舒展羽翼，飞翔在自己身边吧？

把前辈和美奈留在地上。

这样便高枕无忧了。

正明申请了下周四，三月二十四日的带薪假期，并且已经获得了厂长的许可，只不过，若不在那天之前完成基本工作定额，许可将被撤回。于是他从周三到周五连续三天加班超过三个小时，如果周六下午没有别的安排，估计也会至少加班到傍晚吧，或者连晚上的时间也拿来继续工作了。

不过正明已有约在身——三月十九日，周六下午两点，涩谷八公像前。

他在时间上打出富余，下午一点出了龟户的宿舍，在代代木站由总午线换乘山手线内环后，又坐了两站。

晴空之下，涩谷八公像前的广场人头攒动，杂乱不堪。初次与春香约会时的碰面地点，回想起来也是这里，感觉今天街上的人比那时还要多。

和美奈在白天见面这还是第一次。在 Cherir 只见过她穿晚礼服的样子，今天她究竟会以什么样的妆容现身呢？正明一边想象着，一边把目光投向往来的人群——他找到她了。

仿佛她从对面一跃飞入了他的视野，而其他行人纷纷化作了背景，此时此刻，他的双眼能辨识出的只有她。几乎在同一时间，她也发现了他，目光交会的瞬间，他的心脏猛烈跳动，体温一气升高。

那个展颜一笑，拨开人海朝这边走来的人是——

"让你久等啦，正明哥！"

那声音与春香的别无二致，但春香只会用"正明君"呼唤自己，会喊"正明哥"的人是——

"美奈？……唉，吓死我了，还以为是春香来了。"

他的心脏跟急槌打鼓似的怦怦直跳，衬衫底下的冷汗顺着脊背淌了下来。

"吓到你了？真对不起，可是又不能穿成晚上那个样子上街，对吧？"

正明仍然不敢相信站在自己面前说着话的人是美奈。

他有许多话想说，不过首先，他发现她戴了一副黑框眼镜。

"你戴眼镜？"

"这副镜子不带度数。"

春香有一次也曾戴着装饰眼镜赴约，为了赶时髦。当时她戴的那副是红框，但镜框的造型和美奈这副十分相似。这些暂且不说，两个人戴上眼镜时那种充满知性的表情，简直像是从一个模子里刻出来的。不仅如此，美奈的发型也和平日有别，修成了和春香同样的长短，妆也比原来淡了。以上这三点大幅改变了她的形象。

身上的衣服，手中的提包，色系搭配虽然朴素，却给人高档清纯的印象——总之，这身打扮就算套在春香身上也没有任何不妥。

"嘿嘿嘿，这叫富家千金款，我穿了姐姐可能会穿的衣裳。"

美奈注意到正明的视线，摆了个姿势。只有说话的口气，她和春香似像非像。那颗痣被镜框挡住了，无法确认，但眼前的人就是美奈，不会错，到此为止正明终于信服了。

"想不到你穿上这身还挺像那么回事！"

其实也没什么想不到的，既然是效仿春香的着装风格，想不搭对都难。

"真的吗？真开心！那么今天，就由我来扮演正明哥的恋人吧，能挽着你的胳膊吗？"

问题问到一半，美奈已经把自己的右胳膊挎在了正明的左胳膊上。三天前，她是否和纪藤共度一夜的疑虑曾缠绕在他心头，然而现在她本人就在眼前，疑虑一下子被冲淡了。三天前才刚刚和男人发生过关系的姑娘，会像这样同别的男人扮成情侣，冲着别的男人撒娇，对着别的男人露出天真无邪的笑容吗？

　　正明突然感到了来自周围的视线，放眼望去，几个正注视着他们的——不，似乎是正盯着美奈看的年轻男子，慌忙把眼睛挪开了。果然，和春香拥有相同遗传基因的美奈，只是普普通通地站在那里，就足以把男人们的注意力拉到自己身上。此地不宜久留，正明心想，何况他原本就讨厌人多的地方。

　　"总之，先走吧。"

　　眼看涩谷行人交叉路口的信号灯变成了绿色，正明不假思索地穿过人行横道向北走去。从西武百货商场 A 座的转角拐到井之头大街的时候，人潮终于截流，他停下了步子。

　　"啊，咳，我不喜欢待在人群里，所以就先跑来这边了，接下来怎么办？"

　　记得和春香初次约会时，他也曾有过同样的表现。看着没有半点成长的自己，正明有些恼火。

　　"正明哥，你吃午饭了吗？"

　　美奈轻轻松开挽着正明的手臂，和他脸对着脸。

　　"我吃过了……"

　　"我今天还什么都没吃过呢，能先陪我吃点东西吗？"

　　"啊，好啊。"

　　"涩谷的话，有一家店我一直想去来着。"

　　这句话似曾相识，该不会是"安克雷奇"吧，正明想。事情到底还是没有那么巧，他跟着美奈上了西班牙坂，不久便在右手边看见了一栋与路边石栏融为一体的石墙建筑。美奈指着那石墙说："就是这里，这家店相当有名。"

店名叫作"壁之穴"，是一家意大利面专营店。尽管午餐时间已过，店里空荡荡的，不过仍在营业，两人很快被领到了空桌。虽说是意大利面，但是对于只在咖啡厅吃过"那不勒斯风情"的正明来说，菜单中丰富的种类着实令他无法掩饰脸上的困惑。刚进店时他还想着陪她吃点什么，结果只要了杯饮料。

等下单的店员离开后，美奈迫不及待地开始提问。

"送姐姐什么礼物？想好了吗？"

"嗯……戒指，你觉得怎么样？"

"啊？你是说戒指吗？上来就送戒指？"

"很……奇怪吗？"

"不是，那个，如果是以结婚为前提在交往的话，就好像已经订婚了一样吧？既然是这样，那么想把这种关系通过戒指的形式表示出来，这种情况也会有吧。"

显然，为了给出一个肯定的意见美奈已经竭尽全力了。

"老实说，除了戒指以外我实在想不出还能送什么。"

正明如此坦白道。

"你看啊，衣服啦，包包啦，鞋子啦，不是有很多可选的嘛！"

"鞋？……"

怎么也不会想到送鞋吧。

"一般来说呢，会担心尺寸不合啦，或是款式不般配啦，总之很难送的，但今天不是有我在嘛！尺码也好品位也罢，估计都是八九不离十，管它衣服还是鞋子呢！"

接着，美奈又向正明披露了她从客人那里学到的偏门知识，据她所言，袜子在欧美与内衣归为一类，送袜子给女性作礼物前，一定要想想清楚。

"你想，那边的人从早上起床到晚上睡觉，恐怕整天都穿着鞋，袜子几乎不会给人看见，日本人的话，比如说要进榻榻米房间的时候，就会把鞋子脱掉只穿袜子，欧美那边可不这样。"

"原来如此，所以属于内衣。"

聊着聊着，下单的料理端了上来，摆在美奈面前的是盛有意面的盘子，正明前面则是橙汁的玻璃杯。美奈用叉子熟练地卷起意面，没有将面条吸进嘴里，而是优雅地送进口中，那姿态令正明看得出神。

"吃东西的时候不要盯着人家看嘛，怪不好意思的。"

美奈边说边露出难为情的笑容，这反而让她显得更可爱了。同样是巧夺天工的一张脸，这种表情在春香那儿怎么就那么难得一见呢？除了"浪费"真不知该说什么才是。

十分钟后，掺杂着带壳蛤蜊的意面还剩下半盘之多，但是美奈的空腹似乎已经填满了，她放下了叉子。

"对了，今天的预算是多少？"

"因为想买戒指，所以先取了十万日元。"

正明坦言道。

"十万日元！不过也是，订婚戒指嘛……顺便说一下，再过四天我也该过生日了，正明哥你还记得吧？"

"当然记得，可是——要我在开销上一视同仁就……"

正明在回答时刻意没提春香的名字。

"肯定不会啦。那十万日元……莫非，我的那份也在里面？"

"嗯，算上美奈那份一共十万日元。然后，我钱包里原本还有些钱，全算上差不多是十二万日元，这些就是今天的预算了。得先把回家的车费留出来，剩下的如果都要花掉，就都花了吧……"

"那这顿饭的钱呢？"

"自然是我出。"

听正明这么一说，美奈笑了，随后开始整理随身物品，正明见状心想是时候了，便抄起账单先一步离开了位子。

出了意大利面餐厅，美奈说这附近有一家卖小零碎的杂货店，于是两人以那家店为中心在西班牙坂一带闲逛起来。

杂货店里，美奈看见了一个印着连小孩都能随手画出的花形图案的小盒子，便夸它可爱；然而另有一个画着相似的图案的小碗，她却嫌它不可爱。

正明在一旁看着，对她的评价标准完全摸不着头脑，他想若是自己一个人来到这里，肯定买了那"不可爱"的物件，幸亏有美奈在这儿，失败的概率被极大地降低了——戒指的设计一定也有好坏之分。

"哎，你看那边，那是在干什么呢？"

美奈对路边的围观群众产生了兴趣。一个肤色浅黑的外国人正在当场演示手工项链的制作过程，现做现卖。摆放在展示木框中的商品，每件都长约五十厘米，表面是彩色塑料管，里面穿着金属线圈，从构造上看，在外面套上塑料管，是为了避免金属丝直接与皮肤接触。此外，一同展示的还有一些垂着十字架和金属牌的大路货，可是——

"呀，这个好，我想要这个。"

令美奈一见倾心的，是一条将边长一厘米的金属立方数个一起串成一串的链子。仔细一瞧，每个立方体上都刻着一个字母，展示用的那条样品上刻的是"NORIKO（典子）"，是女性的名字。

"链子一千日元，方块一百日元一个，所以'典子小姐'那条是一千六百日元。"

日语讲得意外流利的外国人瞅准了美奈，和她搭话说。美奈仰起头，眼巴巴地看着正明。

"做这个吧，好不好，两个人凑成一对。"

"凑成一对？！"这句责难的话险些脱口而出，他瞬间换了一张脸，堆出笑容回应她说："好啊。"于是她笑开了花，扭头便向外国人下了单。美奈"MINAKO"这六个字母和正明"MASAAKI"的那七个字母，合起来是三千三百日元整。

金属立方上已事先开好了穿线的小孔，其余无孔的四个面上刻着相同的字母。铺着黑色绒布的销售台面上，大量立方体被一气摊开，外国商人从中挑出十三个排成两行，并催促两人确认字母是否正确无误。

商人又让两人挑选外面那层塑料管的颜色，正明随即指定了保守的黑色，对此美奈显然有些不满，但既然说了要和他"凑成一对"，终归还是选了黑色。商人根据字母的个数，把选定颜色的塑料管从中间截去一截，先把半截管子套在线圈上，然后按字母顺序串起立方，接着又将另外那半截管子也套了上去。到此为止都是一眨眼的工夫，但最后在线圈两端安装金属零件的步骤上，每条项链各花了五分钟。

付了钱，收下刚刚做成的两条项链，正明随手把美奈的那条递给了她。接过项链，她高兴得跟个孩子似的。

"快戴上！要不咱们互相给对方戴上……吧？这个要求有点过分吧。"

说完她吐出了舌头。是有点过了。结果两人分别戴上了刻有自己名字的项链。即便如此，也是仅限今日，正明想。他无法想象隔天还戴着这玩意儿的自己，换句话说，过了今天他就不会再像这样和美奈在店外见面了。

不知是不是因为美奈实在太中意那条项链了，在那之后的一路上，她一直用右手拨弄着脖子上的那排方块。

"那我就把它当成二十三岁的生日礼物，开开心心地收下啦，我会宝贝它的！"

"这样就行了？"

正明已做好了心理准备，打算送美奈一件两万日元左右的礼物。

"嗯，足够了，姐姐是指环的话，我就选项圈。是要送戒指……对吧？"

美奈半开玩笑地做出回应后，再一次向正明确认道。

"嗯。"

正明的决心没有动摇。

"戒指……去哪儿买好呢？"

"那就非银座莫属了。"

"银座，那好，去坐地铁吧。"

"嗯，走吧。"

两人向涩谷站走去，此时已是下午四点。

银座二字虽然被提上了台面，目的地却没有具体到某家特定的商店，只不过在"买首饰到银座"这种印象的驱使下，随口将这个地名说了出来。此外，正明记得昔日同春香约会时，她曾驻足窗前，眺望项链与皇冠的那家店，似乎就在银座。

那家"记忆中的首饰店"尽管最终没能寻见，却找到了另一家氛围亲和、极易走进的珠宝店，正明在美奈的陪同下迈进了店门。

铺着红毯的店内弥漫着高档的空气，而靠近入口的销售区，也有一万日元以下的商品展示在内。戒指柜台全部位于店铺中央，大致按照价格顺序排列，从三万日元档开始有钻戒出售。正明当即便认准了这家店。

可能是那决心溢于言表吧，之前还在远处观望的女店员不声不响地凑了过来，笑着招呼他们。

"请问您是在为女朋友挑选礼物吗？"

"啊，对。"

店员所谓的"女朋友"，明显指的是美奈，但正明并不打算解开误会，他觉得一五一十地和店员解释自己身边的这位是女朋友的双胞胎姐妹，今天带她来是为了确认戒指的尺寸——这样太麻烦了，再说他们的脖子上还挂着一对廉价的情侣项链。

他开门见山地告诉店员，自己有十万日元预算，想买钻戒。

"那么，这边的这款是否合您心意呢？"

女店员连忙拉开玻璃门，取出一枚嵌在台座中的戒指，摆在柜台上。价签上标着七万八千日元，价位相对适中。

"请问这枚的尺码是多大呢？"

对于美奈的问题，店员给出了"九号"的回应。确认过后，美奈接过指环，将它戴在左手的无名指上，感受佩戴的舒适程度。

店员观察了片刻说："九号看来大了点，换成八号或者七号会不会更合适？"

"应该会，我平常买的基本上都是七号。"

"七号的话……像这款，您看如何？"

说着，店员又从柜中取出了另一枚戒指。或许是因为镶嵌的钻石价值有所不同吧，这枚戒指的价格稍高，是九万两千日元。

美奈没有上手触碰那枚戒指，而是询问正明的意见。

"正明哥，你觉得怎么样？"

定价在预算之内，款式的优劣又无从分辨，在正明眼里哪枚都是一样。

"嗯，我看挺好。"

"那就选这枚吧。"

之前在一旁关注着两人交流的店员这时插了进来。

"那个，为了保险起见，还请您戴上试试吧……"

"不必了，那个，虽然和他一起来买，但是我想把第一次保留在收到礼物之后，希望由他亲自将戒指戴在我的手上。"

听美奈这么一说，店员也露出了认同的表情。

"我明白了。那么请跟我来……再嘱咐您一句，如果实际佩戴后发现尺寸不合适，可以在购买后的一个月内无偿对商品进行修改。"

店员从夹板上取下单据呈给正明，于是他按照指示在上面填入了姓名和住址。必要的手续比想象的要繁杂许多，用十张万元纸钞付款后，他又等了大约五分钟，这才领到了戒指和找回的零钱。

"谢谢您的惠顾！"

店员将两人一路送至自动门前，又目送两人离开了珠宝店。正明不禁吐了口气，想必是由于在这种店里待不习惯吧，尽管自己意识不到，神经却一直紧绷着；走出店门，那股紧张感瞬间消失得无影无踪，身体也变得轻松了。

"辛苦你了。"

美奈慰劳道。

"谢谢。"正明回礼说，接着他问美奈，"最后你没戴我选的那枚戒指，是因为在为春香着想，对吗？"

"那时我突然觉得，如果自己先戴过的话是不是不太好呀。"

"谢谢你，真的。"

为了那份心意，正明再次道了谢。

"今天，一会儿有什么安排？"

虽然心愿的戒指已经到手，却也不能简简单单一句"那就拜拜了"，和美奈一拍两散。

"今天……我还有店里的工作，八点的时候必须过去。"

现在是傍晚五点，还有时间。

"怎么办好呢？作为感谢你今天陪我的回礼，有什么我能为你效劳的？"

"唉，算啦。"

"别这么说嘛。"

多亏有她在，正明才能如此顺利地完成购物。他当着她的面给春香买了九万两千日元的礼物，而送她的那条项链却只有一千六百日元，即便算上中午那顿饭的花销，也只有两千几百块而已。生日礼物自身的价格相差悬殊，外加对于今日同行的感激之情，他想进一步以高额物品回报于她。

遗憾的是，从银行取出的十万日元已经所剩无几，好在原本钱包里的那两万日元安然无恙。

正明如实传达了自己的心情，于是——

"那……只剩下两个小时了，咱们再继续扮一会儿恋人，行吗？"

"没问题！"

正明二话不说答应了，这也是因为他自己希望能同美奈相处得再久些。

“咱们先进地铁吧。”

两人乘丸之内线向新宿方向驶去。在新宿三丁目站下车并上到地面，继续步行约三分钟后，竟走出了熙攘的街区。这一带尽管临近国铁新宿站，却残存着许多未受开发洪流波及的古旧房屋。此时正逢斜阳西坠，周围的景色暗淡下来，宛如一幅陈年旧照。

此时美奈面对的，是一栋与那陈旧之色无比相衬的陈旧公寓。走上裸露在外的金属楼梯，穿过洗衣机七零八散的二层外侧走廊，美奈从包中取出钥匙，打开一扇门。

“当当，这里就是我家了。”

墙上挂的“二〇三”这组数字便是房间号了，紧挨数字下缘的名牌——大概是出于独居女性的防范用心吧——上面一片空白。

“如你所见，一栋连澡都没得洗的破烂公寓，好在房租便宜，交通也算便利……进吧。”

美奈说完径自走了进去，屋里很快亮堂起来。正明深吸一口气，跟了过去。

站在房门前，一进门的地方是两叠宽的厨房，对面似乎是由拉门隔开的起居室。

“进来后把门带上，把锁挂上。”

美奈边脱鞋边说，可能是因为待在自己的地盘里觉得踏实吧，措辞也有些随便了。正明等她进去里屋后，走进玄关，关了门，上了锁。

从内装来看，这栋建筑的年纪显然已经不年轻了，好在美奈把屋里收拾得干净整洁。厨房的空间不大，但规整得不错，利利落落的，冰箱碗柜这些东西更是一应俱全，操作起来肯定得心应手。

相比之下，里面的那间和室是给东西塞满了。四面墙的长押上处处挂着衣架，衣架上挂的礼服把房间整整缠了一圈，窗户被窗帘捂得严严实实的，梳妆台上各种小瓶用过之后就堆在那里，榻榻米上摊着没叠的被褥，尽管如此，房间整体给人的感觉依然是干净的，干爽的。

"不好意思啊，没收拾屋子，也没个坐垫……坐褥子上也行，请找个地方随便坐吧，我这就去准备麦茶。"

正明对坐在寝具上多少有些忌惮，他坐到了榻榻米上。不一会儿，美奈握着两只玻璃杯走了进来。

两人很自然地碰了杯，他品尝着麦茶的味道，但除此之外，他还能感受到另一种完全不同的味道，他觉得那股味道是从美奈身上散发出来的。干爽的房间里，只有那味道夹杂着湿气把他缠绕。

美奈从正明手中夺过空杯，自己就势塌在了他的身上。她摘掉眼镜，把它甩到房间的角落里，然后，她吻了下去。

自打二月底在春香的老家将嘴唇重叠以来，一直交给春香保管的触感，如今由美奈再现并还给了正明。

"不能让姐姐蒙羞。"

她是在对她自己说吗？还是在对正明说呢？总之，在两人脱光衣服前的一段时间里，美奈不断把这句话重复。

现在他们已脱到一丝不挂，只留今天买的那两条项链挂在脖子上，谁也没有摘下。

尽管如此，他心里的某个部分却异常冷静，冷静地看着自己所做的一切。

等情绪平静下来了，正明问："果然还是能看出来是第一次吗？"

"嗯，好多地方让人觉得不够熟练。"

为此，初体验必须在与春香上床之前完成，这是毋庸置疑的事实，但同时也是冠冕堂皇的借口。

自己到底在干什么呢？

这不叫对春香的背叛还能叫什么呢？

"正明哥，现在连六点半还不到呢。"

又过了一会儿，美奈娇滴滴地搂着正明的胳膊说。

"不是要去店里吗？"

"从这儿走过去连十分钟都用不了，就算在路上买个晚饭，到了那边再吃，七点半出门也来得及。"

"那还有一个多小时呢。"

正明迅速复活了。

就这样，他迎来了第二次巅峰。

他感觉自己已无法自拔。那是一种感觉——皮肤相互接触时的温度，对方的意外之举所带来的变化。

正明和美奈仰面躺在一起，拉着的手是他们唯一的接点，他想永远沉醉在这心满意足的时间里，哪怕再多一分钟也好。疲劳感将他的全身包围，但是……再多一分……再多一秒……在这样的心地里，正明坠入了沉眠。

睁开眼睛的瞬间，他忽然因不知自己身处何地而慌了手脚，孤单一人睡在伸手不见五指的房间里，裹在被子下面的躯体更是一丝不挂。

茫然四顾，透过窗帘可以隐约看到来自外界的光亮，那是不断闪烁的人工的亮光。

一瞬的混乱过后，他回忆起这里是美奈的房间，回忆起自己在二度高潮后的快乐中进入了微眠。可能是这几天一直加班，累到了吧。他感到眼底深处一阵刺痛，那痛感向左右扩散，传到两侧的太阳穴，疼得他头晕目眩。

在那之后又过了多久？

他找到了和衣服一并脱在枕边的手表，按下背光，电子表盘上面显示为十九点四十八分。

二十点前，晚八点不到，七点半过后，美奈曾提到过的上班时间——房间里的灯关着，说明她已经出门去了。他赶紧站起来，于是脸颊碰到了从电灯上垂下来的灯绳，他拽了下灯绳点了灯。

和室里四下无人，他向厨房里望了一眼，那里果然也没有美奈的身影，有的只是一张放在水池边上的字条。

上班时间到了，我走了。

请把门锁好，把钥匙从房门上的信报口丢进去。

还有，请把安全套拿上。

字条上放着一把这间公寓的备用钥匙，还有三个折成一叠的避孕工具——那是今后正明在和春香做爱时必须准备好的东西，可能是美奈担心他不能及时做好准备，把自己的存货分了些给他。

美奈如此费尽心力，当真只是为了姐姐吗？如果只是为了让自己增长经验，有那一次还不够吗？第二次到底从哪个角度能够说成是在为春香着想呢？

经验丰富的自己可以如此取悦男性——第二次倒不如说是美奈对春香下的战书。

　　他想起了 Cherir 的雪在评判美奈时曾说过的话。

　　——她的真面目是魔性之女，迄今为止有不少男人都被她玩弄在股掌之上了。

　　——有女朋友对吧？但是魔性之女会说不在乎。

　　——说排在第二也无妨，说只当寻欢作乐了，因此，要求得到居于次位的爱。

　　——开始时说得好好的，可是等男人醒悟过来，女人已经摇身一变，成了他最倾心的一位。

　　然而在同一家店上班的秋却说美奈"守备得非常彻底"。要说谁的评价更为准确，他更偏向于秋的意见，并且觉得雪的话里有不可信的成分——尽管他一心袒护美奈……

　　返回和室一边穿衣，他又若无其事地把屋里看了一圈，发现榻榻米上有一本文库本。他记得最初进到这房间时，那里放的是美奈的包，而那包现在不见了，应该是美奈出门时把它带走了。就这样，原本被包挡住的书进入了他的视野。

　　那本书似曾相识，原来是《二钱铜货·巴诺拉玛岛奇谈，及其他三篇》。黑色的书脊磨破了皮，露出白色的痕迹——从这一特征判断，此书正是纪藤从正明的藏书中借走的那本，这周二，纪藤在临去 Cherir 前从正明的书柜中抽去的那本。

　　为什么会在这间屋里？……

　　周二晚上前辈的确是在外头过的夜。

在哪儿？在这儿。

结果，原来是这么回事。

周二，她刚在这间屋子里和前辈睡过，四天后的今天，又在同一间屋子里跟正明上了床。

刚才自己在进入梦乡的瞬间所感到的充实，那究竟是什么呢？那种让他连一分一秒也不愿放过的满足感。在自认为和美奈不仅仅是肉体，连心灵深处也紧紧相连的那一刹那——结果自己什么也没能看清。

说到底，她还是这么一种女人。

他下定了决心，从此再不与她相见。

可别落下什么——只有这件事他考虑得甚为周全。今天刚买的戒指自不必说，那三个安全套也被他"不浪费"地塞进了上衣口袋。本想把那条成对的项链摘了留下，却又觉得这样太过无情，便由它垂在了脖子上。待全部检查完毕，他关了灯，走出玄关从外侧给房门上了锁，把钥匙按指示从房门上的信报口丢了进去—— 一切都结束了。

以今日为限，把美奈忘了吧！

自己已经有了春香，心里该惦念的人是她。

他看了下手表确认时间，不知不觉地已过了晚上八点。八点，那是 Cherir 开始营业的时刻。危立在新宿四丁目边缘的这栋公寓老宅，如今已被完全笼罩在了漆黑的夜色中。

今天这一天必将成为"此生难忘的一日"，而这栋建筑也将成为"无法忘怀的场所"。

蓦然回首，他最后仰望了一眼那栋旧楼，朝向崭新的夜晚迈出了脚步。

第十章 等待是苦

三月二十一号，这天是春分之日。

虽然日历上已经迎来了春天，然而现实中的天气却在冬春之间摇摆不定。俗话说"三寒四温"，今天怕是赶上那"三寒"了吧，一大早就淅淅沥沥地下起了花季的寒雨。

八天前，由于春香身体状况欠佳，当天的约会被临时取消了。不知她今天的状态如何，会不会因为这寒冷的天气冻坏了身子，又会不会因为这场突如其来的春雨挫败了外出的心情。

正明一边胡思乱想，一边等春香打来中止约会的电话，他甚至有些期待。然而越是这种时候，铃声就越不会响，不久，不得不出门的时间到了。

由于上次约会的取消，他和春香自打三月六号以来已经有

十五天没见了，隔了这么久，他却并不怎么感到饥渴，这自然
与前天的那件事脱不开干系。

两天来他一直苦恼。自己在那天干的那些事，到哪一步
为止是对的，又从哪步开始就错了，还是从一开始就错得一
塌糊涂。

即便如此，过去的事已无法改变，吸取前天的经验教训，
至少在今后与春香的交往中做到无怨无悔，也只能这样了。

而通往那里的第一步便是今天的约会。虽然在他心里三月
二十四号，把戒指交给她的命运之日才是重头戏，但也不能因
此怠慢了今天的约会。

他打起精神，撑起伞出了门。今天约在了新宿站东口的
ALTA^① 前碰面。正明住在龟户，地铁总武线是他不二的选择，
而对于家在目黑的春香来说则是山手线，作为双方都不需要换
乘便可到达的一站，新宿自然成了他们约会时的首选。虽然代
代木站和秋叶原站同样无须换乘，但新宿站的便利性是其他车
站望尘莫及的。

尽管每次都约在新宿站附近，每次却又不尽相同，而今天
约在 ALTA 前，显然是没有考虑到天气的变化，幸好列车到站

---

① 　新宿 ALTA，坐落于新宿站东口前的时尚购物中心，目前（2000
年后）的正式名称为新宿 DAIBIRU。

时雨已经停了，但气温依然很低。

　　下午四点五十分，正明提前十分钟来到了约定地点。新宿
ALTA 前被人群包裹着，正明与他们稍稍隔开了一段距离。看
样子春香还没有到，他在寒风中边等边抖。不久，ALTA 顶上
的大钟指向了五点，而钟表下方的屏幕上，从方才起就一直滚
动播放着某款汽车的广告。

　　现在想想，美奈的公寓离这里不过几分钟脚程，上班的地
方也在这附近，换句话说，新宿站一带是美奈的势力范围，得
多加小心才行……

　　又等了五分钟左右，春香终于出现了。

　　"对不起我迟到了……你怎么了？"

　　"眼镜……"

　　这真是命运弄人，春香今天也戴了她的那副红色装饰眼镜。

　　"之前戴的时候正明君不是夸我戴它好看吗？"

　　"嗯，哦，实在是太美了，都把我看愣了。"

　　可能是觉得他说话言不由衷吧，春香一瞬间露出了怀疑的
表情，但她很快又恢复了心情，说："这么站着太冷了，咱们赶
快找个地方进去吧。"

　　"嗯，虽然时候还早，去吃晚饭好了，春香不是说有家店里
的菜包肉很好吃吗？"

　　"是指 ACACIA 吧？离这里挺近的，那就去那儿吧。"

春香推荐的店位于靖国大道路口处，从 ALTA 前徒步过去只需一分钟。那是家老字号的西餐厅，门脸修得古色古香，别有一番韵味。

"今天见到正明君，我心里踏实多了，隔了两个星期再次看到这张脸的感觉真好……说起来，上周真抱歉。"

下过单后，就像是要把这两周的空白用话语填平一样，春香一口气说了很多。

"结果不是风寒，是吗？"

正明又确认了一次。

春香"嗯"了一声后，小声说："我在电话里没跟你说，其实上周女生的'那个'来了，可能是受了它的影响。"

两人的交往已进入到第三个月，约会也眼看就要累积到十次了，然而谈论这种话题却是头一次。正明觉得春香这么说是在以她的方式暗示自己，希望他多了解一些关于女人身体方面的知识，因为离这些东西派上用场的日子越来越近了。

换句话说，一星期前来的"那个"，说明现在已经不要紧了，那么三日后的周四自然也没问题。

"正明君也要小心哦，最近冷暖交替频繁，好像特别容易感冒，正明君睡觉的时候有好好盖被子吗？没有觉得哪里不舒服吧？"

正明听了，脑袋里瞬间浮现出前天在美奈家一不留神睡着的情景。当时他一丝不挂，完完全全是醒了之后才发现没有"好好盖被子"。就结果而言，自己没得感冒，到今天为止都很健康，但那不过是走运罢了。

就在他想得出神的时候，春香说："哎，是不是让我说中了？"

"嗯，洗完澡回到房里，趁着热乎气没穿什么就那么睡着了。一定是累着了，为了星期四能请个带薪假，最近一直在加班。"

他连忙搪塞道，并把话题转移到了周四的约会上。

于是春香满怀歉意地说："原来是这样……就算是这样也要注意身体啊，万一因为这个得了风寒就太得不偿失了。"

"遵命，毕竟春香大小姐的生日比什么都来得要紧！"

正明装模作样地说道，听得春香两颊发红。

"哎呀……我不是这个意思！"

看那样子，说不定她也认准了自己生日那天，将是两人关系更进一步、以身相许的"命运之日"。

结果吃饭时两人自始至终谈论的不是今天过一会儿去哪儿，而是周四什么时候在哪儿碰面，以及那天该怎样度过。

"正明君好不容易为我请的假，我在想，怎么才能让咱们在一起的时间更长些。"

"可是待在一起的时间再长，也没有那么多话题可讲啊。"

"有什么关系，嘴上的话一旦断了心里就跟着抖起来的人，那儿的素质一定不过关，正明君才不在乎这种事呢，是不是？"

"嗯，那倒是。"

不如说语言中断之时，正是将关系深化的契机。当彼此用身体呼唤对方的时候，语言就变得多余了，经历了前天一晚，他对此已有所感悟。

"见面时间就定在中午好了，吃了午饭整个下午都在一起，具体安排视当天的天气而定，总之下午在一起，晚饭也是在一起吃……一天有两顿饭都吃在一起，是不是有种非比寻常的感觉？"

"的确，不过和春香成家以后就变成'家常便饭'了。"

正明非常大胆地搬出了婚后的话题。

春香却说："我觉得，就算现在强迫自己考虑将来的事，可能也不会得出什么结论。"

透过红色的镜框，春香的眉宇间流露出忧虑的神情。

结果这天两人在 ACACIA 吃过饭后便互相道了别，或许春香也认为三天之后舞台才会正式拉开序幕吧。

没什么可担心的。礼物买了，彩排也练了，准备得万无一失，接下去全凭魄力行事，这方面自然也不成问题。

不管怎样说，我可是强韧的男人！

"命运之日"前夜，正明加过班回到宿舍，一个人在没有点灯的房间里闭目养神。

　　和春香约好"不留她一人"的生日这天眼看就要到了，当结束了一天的工作，他觉得从那一刻起具有决定意义的"明天"已经开始了。

　　但实际上今天才是你的生日啊，春香……

　　而今天，同时也是美奈的生日。

　　那条成对的项链，那天返回宿舍后他立刻把它摘下来，丢进了抽屉深处。

　　不知美奈今天是否有店里的工作，也不知 Cherir 是否会为女招待庆祝生日，而前辈又是否在六点下班后已去了店里。

　　和每天一样，今天正明也在龟户的工厂见到了纪藤，不过自打那天以来，他就不再和纪藤提起美奈的事了。如今他觉得不管他们在背地里做些什么，那都不是他该管的。

　　现在他只剩下春香了。自己心里该惦念的人，是她。

　　接着就迎来了三月二十四号，周四。

　　回想起来，正明上一次有计划地请带薪假是五年前为母亲纳骨那天。而今天，虽然是个工作日，早上却不赶时间，这反倒让他有些心神不宁。他原本可以等其他员工都去上班了，再慢慢悠悠地起来，结果还是在平常那个钟点睁开了眼。接下来要做什么他已成了习惯。像平常一样上了卫生间洗了脸，像平常一样去了食堂吃了早饭，之后他回到了房间。要按往常，他现在正在班上，但今天闲来无事，他只好发呆。

空荡荡的脑海里渐渐浮现出约会的事。

他把今天要穿的衣服挂到墙上，重新检查了一遍随身物品，把最重要的戒指封进上衣口袋，把安全套塞进裤兜里的钱包。

五天前从美奈公寓带出来的那三个安全套，其实已全被他用掉了。他检讨了自己在佩戴时的笨拙，相继进行了五次演练，为此还特地去药店买了一打。塞在钱包里的那些就是从新买的那盒里抽出来的，尽管他觉得有一个带在身上就够了，为了保险起见还是藏了三个。

其实三天前，春分那次约会时他也揣了相同的东西，以便不时之需。

这些东西今天到底有没有机会派上用场呢？

既然知道新宿站处于美奈的活动范围内，今后在约会时就该尽量避开这是非之地——这个理由自然不能和春香明说，于是他借口说不喜欢那里拥挤的人群，把今天的碰面地点定在了东京站，之前曾去过的银之铃下。

待在宿舍里没有想象的容易打发时间，正明提前出了门，到达东京站时比约定时间早了二十分钟。他没有直接去银之铃下，而是在车站里走来走去，站内处处张贴着下个月即将开放的迪士尼乐园的海报，非常抢眼。

正明绕了一圈来到银之铃下，在那儿又等了五分钟左右，春香来了。尽管今天没有迟到，她一开口仍然是道歉。

"对不起，每次都是我后到，让你等我。"

"哪儿的话，不说这个了，祝你生日快乐！"

说完他低下了头。拿出礼物的时机至少不是现在，他心里清楚，所以只用语言做出表示。

春香被他宠得合不拢嘴："谢谢你！今天我将尽情地任性，而你要对我俯首帖耳，做好心理准备吧！"

虽然是句言辞泼辣的话，语气却非常优雅迷人。

随后，春香下达了她今天的第一道敕令——吃午饭，一边说着"反正我就是想吃好吃的东西"，一边要求正明带她去银座的资生堂 Parlor 总店，正明自然没说一个不字。

去银座的话要乘山手线，在永乐町或者八重洲口下车，出站后走过去——就在他琢磨的时候，春香提出要坐出租车。

"今天一天我是女王陛下，正明君是我的侍从，让女王坐地铁出游，你不觉得寒酸吗？"

于是两人在八重洲口截了辆出租车，却不巧赶上中央大道交通堵塞，车流行进得不甚通畅，一路上不时传来司机"实在抱歉"的声音。十几分钟后，出租车终于跑完了仅有的两公里路程，到达了目的地。其间，春香始终表现得泰然自若，没有半句怨言。

说起资生堂，正明能想到的只有化妆品。饭后离开餐厅时，他对自己的无知感到惭愧。这里的就餐成本的确不菲，但味道也确实达到了与之相符的水准，能让春香在这个特别的日子选中享用午餐，其品质可谓当之无愧。

吃过午饭，当前时间为下午一点半。

"啊……太好吃了！接下来咱们去哪儿？"

"只要春香喜欢怎么都好。"

"嗯……电影……今天不太想看，歌舞伎……没有那个兴致，美术馆，也不对……正明君，你有没有什么地方想带我去呢？比如说，一个你觉得去了一定有意思的地方。"

正明平时几乎足不出户，突然被问到这种问题，不可能给出什么好点子。自己去过的地方里春香会感兴趣的，恐怕也只有神田神保町的旧书店街了。他诚惶诚恐地提了建议。

"这个不错，我对那儿一直挺有兴趣的。"

"没去过？"

她可是国文专业的研究生啊，正明感到非常意外。

"嗯，应该说，所有的资料在大学图书馆里基本上都找得到，还真想不出有什么是需要自己买的。"

就这样，正明破釜沉舟的提案反而成了最优选择，两人决定就去神田神保町。

交通自然还是靠出租车。二人穿过马路，拦住了一辆行驶在中央大道上的空车，并指示司机将车开往神田的三省堂。反向车道上畅通无阻，出租车用了比来时还少的时间便跑完了两倍于来时的距离。

下了车，正明指着靖国大道上的一排旧书店说："春香大小姐，这里便是神田的旧书店街。"

虽说扮作了执事风情，但他很快害臊起来，戏剧化的台词表现也就仅此一句了。

再看春香，早已是一副兴致勃勃的样子，两只眼睛闪闪发光。

意想不到的，两人在这里磨掉了大量时间。春香不论哪家店都要进去转转，在趣味相投的店里更会把书架上的书一本不落地扫上一遍。逛着逛着，时间一眨眼就过去了。仅神田旧书中心一家就消耗了两人超过一小时的时间，等他们走到白山大道的交叉口时，又一个小时过去了。其间，正明在一家觉得不好空手而归的店里买了本书，又在另一家店里发现了一本他从前就在找的文库本，最终合计购入以上两册。春香依然是两手空空。

"后面那条街，铃兰大道上还有一排旧书店，要不要再去转转？"

如果她说也想去那边，还能再磨掉一个小时。

"逛了这么久，可能是有点累了吧，想找个地方歇歇。"

现在还不到下午四点，可以找家咖啡厅坐坐。

"而且最好是个能没规没矩，说躺就躺，还不用在意别人眼光的地方……决定了，回家。"

他从前就一直琢磨，怎么才能把约会的流程领到这个方向上去呢？俗话说"车到山前必有路"，结果春香主动促成了事情的发展，可能她对这之后的展开也有所期待吧。

正明拦下一辆出租车，这回春香先行坐了进去，并告知司机"往目黑开"。这趟行程预计需要三十分钟以上，当车由樱田大道拐入目黑大道并驶过目黑站时，春香开始就具体路线进行指示。

不久，出租车停在了一栋雅致的公寓楼前，春香让正明先下车，自己付了车费。

"这里就是我住的地方。"

公寓入口的墙上有个类似对讲机的装置，春香在那上面输入密码后入口处的玻璃门开了，正明随她走了进去。

电梯里，楼层指定按钮最高标到九层，春香按下了七层。忽然之间正明感觉自己好像飘了起来，而下一瞬间电梯已经停稳，自动门随之开启。

穿过铺满条格绒毯的走廊，两人在标有"七〇五"的门前停住了，春香从包中取出钥匙开了锁。这时，她终于回过头来面向正明，只留下一句"进来"便径自走进了玄关。

正明默默地跟在她身后，房门在他背后自动闭合。

眼前是一条长约三米的走廊，除了尽头那扇门外，右手边有一扇门，左手边的两扇门并排着。左边那两间应该是浴室和卫生间，右边的是卧室，走廊尽头那扇门后面可能是厨房和餐厅的混合空间（DK），要不就是在前者的基础上又增加了起居室的多功能房间（LDK）。

显然，这是一栋处处洋溢着高档次格调的公寓，建筑物本身的年纪尚轻，统一成单色调的内装风格也是潇洒脱俗。住在这种地方一个月要多少钱呢？就算是由户型决定，像这种一居室带厨房和餐厅（1DK）的格局，恐怕十万日元也租不下来吧？

正明随春香走进了走廊尽头的那扇门，春香打开电灯。

原来这套房子是1LDK，门后是一间远远超过十叠的宽敞的起居室。

把挎包放在厨房台面上，深深吐出一口气后，春香回过头来，说："终于把正明君带来这里了。"

正明从春香身上嗅出了一股迄今为止所不曾闻过的味道，然而对那气味他却又记忆犹新，五天前从美奈身上飘散出的正是这股味道。

恐怕一旦勾起情欲，这气味便会从那身体散发出来——这一点她和美奈完全一致，不愧是一对双胞胎。

最为关键的是，春香现在正有此意，绝不会错。

就是现在！正明赶紧把手伸进了上衣口袋。

"春香，生日快乐！"

他把准备好的礼物递给了她。春香接过小盒子，表情显得非常惊讶，她一定是从盒子的形状猜出了里面的东西。而当盒盖被打开时，感动在她脸上瞬间变得更加鲜活了。

"这是……给我的？"

"嗯，送你的生日礼物，同时，我想把它作为你我订婚的戒指，你愿意收下吗？"

出于慎重，他询问道。

"当然愿意，谢谢你，正明君！"

说完，她便紧紧抱住了他。正因为她平时不常表露感情，这份感动才让他觉得无比真切。

"也不知道大小合不合适。"

"买的时候听取了店员的意见，选了七号。"

"七号？应该没问题吧，我戴戴看。"

说着，她松开了正明的身体，把那戒指在左手无名指上戴了又摘，摘了又戴。

"嗯，好像大了点，我一般都是买五号的。"

这全然出乎了意料，她和美奈是同卵双胞胎，还以为她们俩全身上下都是一个尺寸……

"怎么办啊，把戒指拿去店里，应该可以把尺寸改小吧？"

听到这句话时，自己脸上到底是什么表情呢？

不能带春香去那店里。倘若她从与店员的沟通中得知了当时来店里买戒指的不止正明一人，还有一个和她长相酷似的姑娘，那就大事不妙了，因为那姑娘正是春香未曾谋面的孪生"妹妹"，而她出身的秘密也会因此而败露……事态至此已是万分严峻，正明却又阴差阳错、鬼使神差地和那位"妹妹"发生了关系，这事万一给她知道了，就真的吹灯拔蜡了……

"我想，还是不改了吧，改尺寸肯定要把戒指先切开再接上，据说这么做不吉利，再说，松紧其实只是感受问题，再松也没有松到会掉下来。"

春香又把话圆了回去，从那表情来看，她是在照顾正明的情绪。一旦去到首饰店里，戒指的价格便会暴露，而正明对此有所忌惮，换句话说，他不愿春香知道自己送她的是件便宜货——正明刚才的反应，春香大概是这样解读的吧。

但戒指戴得确实松垮，套在左手无名指上的小环儿让她用右手一拨，钻石的部分就从指甲滑到指肚，又从指肚滑到指甲，轻轻松松绕着指头转了一圈。看着春香手上的动作，正明联想起了不停拨弄项链上的方块时美奈的动作。

我这到底是在干什么呢！刚刚才被戒指改号的事吓没了魂，如今又因为这种无聊的事想起了别的女人。

现在脑子里应该想的是春香，这个和自己独处一室，散发着魅力的女人。

正明上前一步抱住她的肩头，那张美丽的脸就在眼前，鼻梁左侧没有痣——根本无须确认。

她闭上双眼，他吻在她的嘴唇上。轻柔的触感并非来自五天之前，那是一个月前在横滨内田家体验过的感觉。

他感到血气直冲头顶，呼吸不禁急促起来。

她不主动，但也不反抗，就这么任由他摆布。

他左右打量着她的身体，她似乎敏感地察觉到了他的视线，说："卧室……从走廊的那扇门……"

说完，她开始向那边移动，正明脱掉上衣后也跟了过去。

从元旦邂逅春香的那一刻起，一直盼着今天，梦着今天。

怎么会是这样！

还想要更多，更多……更多！

我应该比现在快乐得多得多！

这种感觉传遍他的全身。

春香仍然是仰面的姿势，只有胸部微微上下起伏。

是啊，这才是正常的。和美奈那次属于异常的体验，从一开始就不该抱有那种期待。反过来想，只要自己精心培育，春香没准儿最终也能变得和美奈一样。

眼下有这种程度，足够了。

他伏在她耳边说："现在春香的一切我都清楚了，也把我的一切都告诉了春香。"

于是她仰望着正明："是啊，我把你领进了家里，也把自己献给了你，终于，这最后的一座碉堡也陷落了。"

"话说回来，这里的电话号码是？"

他忽然想起了这个问题。

"嗯，我告诉你，但一定要打电话来哦，守在不响的电话旁边真的很痛苦。"

"我明白，我保证。"

单人床上，两人的身体自然而然地缠在一起，正明把右腕垫在春香脖子下面给她当枕头，她似乎很享受，一边用右手轻抚着他的手腕感受"枕头"的触感，一边用左手在他光溜溜的身子上摩挲。

"这姿势我好喜欢，感觉自己像件宝贝一样被包了起来。"

"嗯，我也觉得这样最好。"

春香的重量落在他手上，体温落在他身上，他用空出的左手爱抚着她的身子。

他感到满足，感到安心，仿佛出生时失去的半身终于回到了自己身边。

不再迷茫，春香才是自己梦寐以求的伴侣。

不再迷茫。

不再……

第十一章　心之表里

世上没有完美的人——这是一句耳熟能详的话，然而事实当真如此吗？

的确，在所有人眼中都尽善尽美的人恐怕是不存在的，因为人们的喜好本身有着千差万别。有人觉得骨瘦如柴是美，也有人觉得太过苗条的人缺乏魅力；有人认为男人温柔是宝，也有人完全不以为然，认为那纯粹是一种窝囊。从这个角度讲，能让所有人都给出满分的人肯定是不存在的。

那么如果抛开他人的眼光，只考虑自己的标准，是否能找到一个"完美"的人呢？

相识之初可以打满分的人也许有，但随着深入了解，"完美"的人往往因为与当初的印象不符而丢分。但也确实存在着极少数人，他们可以永远保持在当初的满分，那么这样一个人就是自己心中的"完美"存在吗？这么说怕是言之过早了。不过这次的问题并非出在对方身上，而是出在去评判对方的内心之中。

长久以来，你觉得温柔是他的优点，但有的时候，心地善良在你看来却成了优柔寡断；或者你爱他的坚韧不拔，但有些时候，坚定的意志在你眼里也成了固执和任性。问题就出在"有时候"。同一个人评价同一个对象，有时候——没准儿视情况而定，也可能随情绪波动——平时的优点反倒成了缺点。一旦心里那根秤杆错了位，就不可能找到"完美"的对象。

那么只要修复了心中的"错位"，问题便迎刃而解了。简而言之，若想寻得"完美"之人，自己先要变得"完美"，变得能永远称赞美丽之物美丽，变得能永远感叹优雅之物优雅。人的感性若放任不管，便会随时间变迁，但只要拥有了令感性恒久不变的意志，找到"完美"之人的可能性便不再是零。

最近，正明觉得自己终于明白了这个道理。

迄今为止，他一直过着不受他人左右的生活，并以此为傲。自己永远是不变的那一个，他相信事情确实如此。然而来自他人的评价却在不断变化，从"认真"到"无趣"，从"可靠"到"可怕"——这种没道理的事他经历太多了，所以他不想改变自己对他人的评价，正所谓己所不欲勿施于人。

为此，他必须拥有强大的意志——所以当春香说他"强韧"

时，他觉得自己被救赎了，觉得自己不懈的努力得到了认可，觉得自己找到了同伴。一直以来，春香一定也为了同样的信念默默付出着。

春香是个美丽聪慧的女人，对她了解得越深就越能感受到她的魅力。魅力更胜于她的女人，怕是打着灯笼也再难找见了。

虽然她有时候也会做出——比如说突然坦言自己看得见幽灵，这种让他诧异的举动；或者像最近这样，由于在性上不能表现得稍微积极一些而令他感到不满。

尽管如此，时至今日她在他心里仍然是个一百分的女人，即使从局部看来存在着瑕疵，但在总分上没有任何折扣，时常保持在满分。

不只是现在，十年、二十年、三十年后的情况也同样可以想象。女性年老色衰是自然的法则，就算春香也难逃人老珠黄的命运。三十年后，五十多岁的春香，以她的年纪或许仍然称得上漂亮，如果说二十几岁的现在是一百分，等到那个时候恐怕已经衰老到了七十分，或是更甚。

即便如此，她在自己眼中依旧是一百分——正明有这个自信。

看着妻子年华老去，男人们总是误以为年轻貌美的女人一下子多了起来，总忍不住出轨，这就是那些凡夫俗子们的劣根性。不论妻子多么年老色衰，她都应该是一百分；是不会"错位"的评价保持了对方的"完美"。现实中个人的意志的"强韧"，是在精神上令对方永葆青春的力量源泉，只有身为伴侣的男性意识到这一点，女性才能永远漂亮年轻。

自从拿到了春香公寓的号码，正明现在每晚都主动打电话给她。他们似乎回到了一月刚开始交往的时候——不，彼此之间比那时还要更具有吸引力，相互之间的理解比那时还要更迅速、更深入，两人之间的话题变得无穷无尽，等待下次见面的日子更是望穿秋水。

二月、三月间，原云本社工厂的订单数量显现出衰退迹象。这一状况本身问题严峻，但从与春香交往的角度出发却是个利好消息。而春香那边，据说研究生院的学习要到四月中旬后才会正式开始，因此，在那之前两人的时间都非常宽裕。周末自不必说了，工作日里每周也会尽量创造出一两次机会，约在一起吃饭，最终回到春香的公寓确认彼此的爱意——这种模式已成了惯例。

正明忽然发觉自己正在无意识地胡思乱想，还是有春香在他眼前的时候。

"你怎么了？"她笑着问。

"没什么，就是在想，我真幸福。"

"因为能像现在这样和我待在一起？那还挺叫人开心的，我也挺幸福的，能像这样和正明君待在一起。"

果然，自己不能缺少意志的力量。那条成对买来的方块项链，前两天终于狠心扔掉了，如今只剩下心中的回忆尚未处理。自己"强韧"的意志，一定可以把多余的东西封存起来。今后和春香重叠的时间，一定可以把无用的记忆渐渐风化……

四月九日，周六这天，正明在班上时突然被厂长叫住了，说是等手上的活儿闲下来了，就去一趟社长办公室。正巧材料的搬入作业告一段落，他连忙跑了过去。接待沙发的对面坐着原田社长和厂长，经理小田先生正在沏茶。

"事情是这样，如你所见，最近一个时期本社工厂的工作有所减少，人手一直富余。而町田那边正缺人手，所以我想，不如索性把这边的员工派一个过去——"

"请问这算是人事变动吗？"

他最先想到的是到目黑的距离，从町田到目黑肯定比从这里到目黑要远。

原田社长摇头说："不，没有调令，毕竟只是一时的对策，等本社的工作增加了还打算叫你回来这边。所以不需要你搬出龟户的宿舍，这边的房间保持原样，然后那边的单身宿舍，你也收拾出一间可以睡觉的屋子，我觉得这样就行了。如果不愿意住那边的话，也可以每天从这边过去，前提是你不嫌这单程一个多小时在电车上辛苦。"

"如果是这样的话，我没什么问题。"

自己在本社的在职员工里资历最浅，遇到这种情况肯定首当其冲，没办法。选择住在龟户的话，每晚从町田回来时可以路过新宿，若想去春香的公寓了，从那里过去很快能到。

"是吗，"厂长高兴地说，"那我这就让那边趁着周末做好迎接的准备，里谷君能不能下周一马上就过去呢？"

"交通费公司会替我出吧？如果可以的话，请允许我暂时从这边上下班，那边的宿舍就不必为我安排房间了。"

结果，无人不对正明提出这样的请求感到意外。

当天收工回到宿舍后，他立刻打电话给春香，向她报告调动工作的事。

"是吗，不过等到下下周开学了，我有时也会回家很晚，难得正明君要求每天从我家附近经过。"

"这点我也想到了……不过和现在比起来，见面的机会肯定能变多。"

"可是每天从龟户往町田跑相当辛苦吧？那还不如——"

"但不管怎么说，都得有个人到町田去。"

这天两人不只通了电话，还安排了约会，一起去看电影，再一起到春香的公寓住上一晚。见面后，调动工作的话题被重新搬上了台面。春香认为，乘电车上下班对正明来说太过辛苦，又几乎没有好处，劝他放弃；或者为了让正明受益，晚上她自己就必须更多地待在家里，可如果把心思全用在这种事上，学习必然会受到影响。

"干脆，你把工作辞了吧。"

可能是说得不耐烦了，她甩出来一个不负责任的建议。

"那怎么行，和春香结婚前我不打算辞职，现在辞了，婚礼上新郎这边就没人出席了。"

"嗯，说的也是。"

"辞职以后，房地产的工作我会努力从头学起，尽快学有所成。别看我是高中毕业，那所高中的升学率在当地可也是顶级的，学东西我并不讨厌。但说到底，春香的爸爸也得愿意雇我才行啊。"

"嗯，这件事不和爸爸商量一下我也没什么把握，但现在提这个有点——"

"希望不大？"

"嗯，可能有点难办。"

正明和春香都打算在年内结婚，但具体的事情还没有任何定论。正明只在二月时问候过一次她的父母，而春香说在那之后她也不曾向他们提起过两人之间的进展。

"就算不和爸爸商量，我也有必要和妈妈汇报一下，可是告诉了妈妈的话，结果事情还是会传到爸爸那里。"

自己和异性有了关系这种事，孩子真的有必要一五一十向家长汇报吗？正明十几岁时父母已双双离世，对于这方面亲子间微妙的距离感，他始终不太懂。

"所以，我想辞不辞职的事过些日子再说吧。然后还有住处的问题，我想以后咱们能住上更大的房子，但刚结婚那会儿就在我这里挤一挤吧，收拾一下应该能腾出空间放正明君的东西。"

他听了差点叹出气来，赶紧深吸一口气掩饰过去。

正明没有土地也没有房子，除去银行存款，摆在宿舍里的家当换句话说就是他的全部财产了。活了二十六年，四叠半的一间屋子就足够装下自己的全部身家，这样的现实再一次堵在了他的面前。

待到下周，正明开始去町田的工厂上班。

为了能在早八点半的开工时间前赶到町田，他必须七点从龟户的宿舍出发。由于起床时间提前了近一小时，第一天早晨对他的考验格外严峻，好在他的乘车方向与东京都内的大部分上班族相反，早班电车并不拥挤。

和四年前一样，他被分配到了组装生产线。班还是当年的那个班，但人事变动相当厉害，而最大的变化就是从四月份起，已由井崎出任生产线班长一职。正明本能地意识到，这个会对直属部下的失误恶言相向的班长对他颇有戒备，对方完全是一副代本社照料他的姿态，再加上似乎原本就看他不太顺眼，不过这种程度的恶意也在意料之中了。不论周围环境如何，正明都只顾完成交付的工作，大概是心态使然吧，他感觉自己的切割效率比四年前现役时还更高了。

"都给我瞧好了！就连从本社过来支援的里谷都能做到这种程度，再看看你们这帮家伙，拧个螺丝都他妈拧不直！接缝居然能他妈错出这么一大截！"

被大声训斥的下属当中，也有三十三岁仓持的身影。面对比自己年长的仓持，新班长表现得毫无顾忌，而仓持还是四年前正明认识的那个仓持，即使被班长责骂也绝不放下手里的工作，一声不吭地继续干眼前的活儿。

收工后，正明做的第一件事就是找仓持说话。

"好久不见。"

两人上次见面还是二月的那个晚上。

"实在不好意思，那次我临阵脱逃了。"

见正明过来请罪，仓持说："不，那天是因为我太久没喝，醉得厉害，强拉上你是我不对。"

说完他低下头，这么一来这件事就算是了结了。

"你今天是怎么打算的，要住这边的宿舍？"

"不，我是走班，每天还回龟户。"

"哦，这样，那一会儿呢？"

"没什么事的话就直接回去了。"

话说到这个份儿上，正明已经准备好要陪他喝酒了。

"我有点事想让你帮忙，要不咱们先吃饭，但酒是喝不成了。"

走在车站前那条街上，仓持眼巴巴地看着那一排挂红灯笼的居酒屋，走进了一家以美味著称的日式快餐店。下过单后，他很快切入正题。

"其实我是想搬家。"

"要搬出宿舍？"

"嗯，我另租了间公寓，房子比较老，但好歹有个浴室。这事我还没和厂子里打招呼。"

听仓持说，新家里已经重新置备了冰箱、洗衣机和被褥，等把宿舍里的家当运过去了，新生活就开始了。

"不过……有些东西我不想让别人看见，你放心，东西全是我自己搬，但拎行李的时候万一给谁在走廊里撞见了，那不行。"

据说仓持不曾让任何人走进他房间，不知是否确有其事，但宿舍里也有传闻，说仓持屋里的四面墙上码满了他雕的木佛。

"我也想过趁着半夜搬家，但想来想去，最后觉得把卡车停在窗户底下，把东西顺着窗户吊下去这个方案最稳妥。但这事我一个人干不来，至少得两个人，一个在楼上吊，一个在车上接。正发愁呢，你来了。就今天晚上，怎么样，能不能帮我一把？"

原来如此，怪不得他有酒不喝干忍着。

"现在这钟点天还亮着……这样吧，晚上九点开工，但卡车得提前在那儿停上一段时间，这么一来，就算有人在意那声音，结果也会觉得没发生什么。要是里谷你肯帮忙，咱们出了饭馆就直奔租车行，行不行？"

"要等到九点……是吗？"

"反正你回去了也没什么事。"

其实呢，如果能早点回去便和春香联络，去她那里吃晚饭，正明原本是这么打算的，但是从走进快餐店的那一刻起，他已经放弃了今晚的计划。耗到九点不是什么大问题，包里有本为久坐电车准备的文库本，靠它消磨时间也未尝不可。

饭后出了快餐店，仓持到车站前的租车行租了一辆卡车，开着它两人返回了町田寮。假如仓持的房间就在一楼，他应该可以独自完成作业，但不巧的是他住二楼。仓持小心翼翼地将车停在楼下，让货台对准窗户。

"九点前我看这个打发时间。"

副驾驶席上，正明取出包里的书示意道，仓持却说："先上我屋里坐坐吧。"

正明四年没进町田寮了。他从没想过自己有朝一日会回到这里，而且是跟仓持一起，即将走进那个传说中无人造访过的房间，这辈子再没有哪个瞬间令他如此渴望避人耳目，当他有惊无险地来到那扇门前时，心里着实松了口气。

仓持打开门，把正明请进屋里后迅速关了门，他按下墙上的开关打开顶灯。

那一刹那，正明倒吸了一口气。

传闻有七成是真的。

房间里沿墙摆放着件件木雕。仓持刚才说不想让正明以外的任何人看到，八成指的就是这些东西。

木雕小的高约三十厘米，大的可达七十厘米，总共二十来件，全部是裸女的模样。这些精雕细琢的女体无一不像色情杂志上刊登的那样，摆弄着撩人的媚态。

雕像表面处理得光滑无比，是涂了清漆吗？不对，这种油光锃亮的质感恐怕是手油。毫无疑问，雕像被完成得如此光润娇艳，正是拜他长年累月来回抚摩所赐……

"这些得先打包，我来，你帮我干别的。"

说着，仓持打开壁柜。里面上层放着被褥，下层则是堆积成山的杂志，少说也有几百本，每本册子上都印满了能够成为雕刻灵感来源的照片。

这就是戒色十一年的男人的房间吗？

一旦尝到了那个滋味，再想忌口就非得忍到这个份儿上不可吗？

自己如果突然有一天被剥夺了同春香肌肤之亲的可能性，被禁止同一切女性接触的话，又会变成什么样子呢……

"先包上报纸再捆绳子，报纸尽量多包几层，耐磨，省得绑绳子的时候磨破了边。"

结果，光是给雕像和杂志打包就打了将近两个小时，等舒过一口气来已经九点了，根本没有看书的工夫。

　　正明下了楼，站在货台上接收从二楼窗户由绳子吊下来的包裹，再把这些包裹挪到靠近车头的一侧，罩上塑料布。他一边小心着不弄出声响一边作业，活儿干起来比想象的要费时间，等雕像全部吊下来了，时间已所剩无几——眼看就要错过末班车了。

　　"不好意思啊，让你帮我到这么晚，剩下的费点力气从楼梯搬下去，我一个人能行。"

　　正明惦记着那最后一班车，挥手和仓持道了别。

　　翌日早晨，他在班里早会上没有见到仓持的身影。

　　"老大不小的还他妈迟到！"

　　井崎踹了一脚地上的木屑。

　　昨天搬到那么晚，早上一不留神睡过了吧，话说回来，他昨晚是在哪儿睡的？还是彻夜赶工压根没睡？也没问他新家在哪儿……

　　正明起初以为是这样，谁料那天直到收工仓持也没有出现，连个请假电话都没有。井崎派了个喽啰去宿舍里揪他，可不论怎么敲门都不见有人出来，要推门进去却发现门锁着，于是那人回来禀报井崎说，仓持可能不在屋里。

　　结果，仓持就这么从原云人间蒸发了。据说日后寮长打开房门走进去的时候，里头跟个空壳儿似的。至于被骗去帮忙搬行李的事，正明没有对任何人提起。

仓持不欠公司的钱，也没有迹象表明他向哪个同事借了钱，不管怎样说，那可是长年以来坚持赔付受害者赔偿金的男人。还清债务不过半年时间，终于盼到了属于自己的人生开花结果，何必要像连夜潜逃一般消失得无影无踪呢？

真相至今未明，然而直至今日，正明依然坚信仓持欺骗自己并非出于恶意。

那周五晚，正明在新宿站内遇见了意外之人。

"里谷兄！"

正明听到声音站住了脚，对方也停住了。

"你好啊，好久不见。"

站在他面前的人是——高田尚美。车站里这么乱，亏她能从人堆里把自己认出来。

"你听说了吗？我们的事。"

"嗯，从前辈那儿知道的。"

于是尚美深深吸了口气，又用鼻子叹了出来。

"唉，想起他我就有气，你现在有空吗？"

还不到八点，她该不会是想拉自己喝酒吧，正明警惕起来。

"里谷兄要坐总武线去龟户吧？偶尔坐一次山手线，绕个远回去也不错嘛！"

尚美想让正明和她乘同一班车，在路上随便聊聊。正明其实打算顺路去趟目黑，也和春香在电话里约好了，但他相信迟到一会儿春香不至于不依不饶，便跟尚美走了。

谁知晚上七点的山手线异常拥挤，挤得他们根本说不上话，直到过了大冢站，车上才终于不是人挤人了。

"可真够挤的，天天遭这罪？"

"我吗？没有啦，今天是因为有酒会，我在神田上班，平时不走这条线。里谷兄——我能不这么叫你吗？"

"可以啊，叫我里谷就行。"

"里谷——要不还是叫里谷兄吧。里谷兄今天怎么会来新宿？"

"哦，我从这周开始要去町田的工厂帮忙。"

"好像听他说过，町田也有家工厂。阿和……他还好吧？"

"是啊……"

"还那样儿？"

"嗯……还是老样子。"

忽然间，两人纷纷陷入了沉默。像要打破这片沉重的空气似的，尚美在正明背上用力一拍："对了，里谷兄，听说后来你和内田交往上了？"

"嗯，托你的福。"

确实多亏了尚美，要不是她在正月滑雪时叫上春香，正明和春香到现在还是陌路人呢。

"原来你们一直没断，真好啊。"

每当列车到站，都会先有一拨人挤下去，再有一群人挤上来，两人的谈话便随之中断，结果没说上几句话尚美已经要下车了。

"唉，根本没聊成嘛！里谷兄，你也到站了！"

"哎？唉——"

正明几乎是被连拖带拽地拉到了月台。

"有什么关系嘛，你就稍微陪我一下呗，陪我牢骚一下。"

正明拿她没辙，只好把心一横跟她去了。出了车站，他看见一个公用电话亭，便申请去打个电话——他得给春香打个电话。

"喂，您好。"

"是里谷，抱歉，本打算今晚过去的，我在新宿站碰见高田尚美了。"

"真的？那岂不是太巧了！"

"是啊，我也这么想，然后呢——"

他把情况说明了一番，春香表示理解。

"明白了，那你就好好听阿尚发牢骚吧，回到宿舍再给我来个电话。"

"遵命。"

尚美的目标是车站附近的一家居酒屋，她笑着和店员打招呼，看来这里她常来。她用湿毛巾擦着手说："这家店是我一个非常要好的小学同学的妈妈开的，料理的味道也相当不错。"

尚美叫了生啤，正明也要了同样的东西，下酒菜则交由尚美决定。两人先用中扎碰了杯。

"嘿嘿嘿，硬是把你给拉来了，对不起。"

"没什么。"

"现在回想起来，正月那次滑雪真是开心哪！阿和那个时候也还疼我——"

牢骚就像她预告的那样准时开始了，好在她的播报方式并不阴郁。正明还怕她在自己面前一把鼻涕一把眼泪的，没想到她越说越来气，越说气势越汹，越说食欲越旺，起初点的菜转眼就没了。

"不过呢，我们两个虽然吹了，但是成全了里谷兄和春香，真应了那句话，'兴衰成败乃常事也'，不对，呃，'人间万事塞翁之丙午'？"

"你说的那是青岛幸男的小说，那句话应该是'塞翁失马焉知非福'，高田小姐很快也会遇上好事的。"正明安慰她说。

这么说来，自己好像听纪藤前辈说过，尚美公司里有个对她一往情深的前辈，不知那件事怎么样了，但是话说回来，如果那边进展得顺利，她哪儿还有必要像这样宣泄呢。

"那个，高田小姐，其实我也正有件事想和你打听，行吗？"

正明足足陪她絮叨了一个小时，心想不能空手而归。

"你和内田在大学里是同学，对吧？听说她当初有个对象。"

"什么状况，春香她自己跟你说的？西川的事？"

"那男的叫西川是吗？我只知道有这么个人，具体情节，包括人名，她都没提。"

既然只冒出一个名字，说明就是这个男人，而且只有这个男人，春香只同他交往过。

"糟糕！"尚美吐出舌头，"我真多嘴，春香我对不起你……不过呢，她能把这件事告诉你，已经相当了不起了……好！就跟你说了吧！那个叫西川的，是这世上最差劲的浑蛋，被春香甩了以后，为了报复她竟然自杀了，从教学楼八层跳了下去！"

正明听了大为震惊，他万万没有想到事情会是这样。

"春香受到的打击特别大，过了好长一段时间才缓过来，好在他们交往的事只有很少一部分人知道，算是不幸中的万幸，当时正赶上大三的暑假，学校里没什么人。"

原来还有过这种事。正明从中联想到了另一件事，那就是春香会声称自己"看得见幽灵"。恐怕是当时的打击——强加在她身上的罪恶感，让她自以为能看见那些吧。

春香，她从过去莫大的痛苦中走了出来，不愿意触及当年的往事，只把曾经在那人身上犯下的错误如实相告。正是这样的春香选中了自己。春香所谓的"强韧"之中，说不定也包含了"不会轻生"的意义。这点不成问题。被甩了就以死相逼，那是最无耻的行径。

春香初体验的对象死了，正明为此感到庆幸。还以为了解过她身体的男人在哪儿活得好好的，原来已经死了；如今这世上清楚她的人，就只剩下自己了。哪怕仅仅是为了搞清这一状况，今天陪尚美来这儿也是个明智的决定。

回到龟户的单身宿舍后，他按约定给春香去了电话。

"怎么回事？"

"还是因为纪藤前辈的事，她一肚子火。"

此行最大的收获——西川某某自杀一事，他不打算在她面前提起，只把尚美唾骂纪藤的那些话复述了一遍。最后他不忘添上一句："本来应该去你那儿的，今天算是白过了。"

于是春香安慰他说："但是和正明君像这样打着电话的时候，我特别幸福，那种感觉——说出来就怕你想歪了，那种感觉可能比见了面还要好。"

"什……什么意思？"正明按捺着不安问道。

"因为在电话里，彼此可以独占对方啊，可以把对方的时间据为己有，却又不是独吞，和见面时不一样，想碰碰不到，想亲也亲不到，那种伤感，怎么说呢？就像是辣椒面。"

"因为不能随心所欲，所以感受力变得更集中了？"

"没错没错，不愧是正明君，不过从这层意义上讲……没有约会也没有电话，一个人待在房间里的时候，可能才是最幸福的。一个人回想着上一次和正明君度过的时光，一个人想象着下一次见面时可能发生的事情。当然啦，实际见了面，说说话，

待在一起，这样的确能够让人满足，让人幸福，但是相应的，
一旦见不到对方就会觉得不幸了。如果能从见不到对方的时间
中找到幸福，就能永远保持在幸福的状态，对不对？"

　　想见面却见不到面——所有男男女女都会经历的问题，但
只要信任彼此，见不到面也是一种幸福。

　　能将如此深奥的道理随口说出的春香，正明为她感到骄傲。

　　她果然是"满分"。

第十二章　真心为你

　　翌日，四月十二日周六，正明完成了一上午的工作，把午后时光全部拿来同春香悠然地约会。

　　两人在银座看了电影，在老字号餐厅享用晚餐，小酌几杯，正要起身离去的时候，外面下起了雨，于是他们很自然地叫了出租车。目的地是目黑的公寓，七层，春香的房间。这里自然不是租来的，而是被买下了，目前属于内田家的财产。在沙发上安顿下来后，两人又用红酒干了杯。

　　最近，正明终于懂得如何品味红酒了。自己只是从没喝过好喝的红酒，他想。在春香的房间里与她碰杯后滑入口中的红酒，饱含着浓郁的醇香。

　　顶级的晚餐过后是顶级的红酒和顶级的女人，在东京市中心头等地段的高级公寓里。

　　此情此景并非只在小说和电影中出现，现实中有人过的就是这样的生活，正明忽然觉得，过去对此一无所知的那个自己甚至有点可悲。

　　现在他敢说了：有的人因无知而无畏，就像曾经的自己；有的人了解一切渴望一切，为此而孤军奋斗着，就好比目前的纪藤；还有的人，在得到一切后才恍然大悟，"原来还有这样的生活"，而现如今的自己正是如此。

　　畅饮过后自然是到床上去谈情说爱了，然而——

　　"抱歉，正明君，那个来了。"

　　正明猛地一下子没反应过来，还一本正经地问"谁来了？"随后才搞明白她的意思，惹得春香难得一见地笑出了声，他只好也跟着苦笑起来。

　　"怎么办，你还住下吗？"

　　"但是做不了，是吗？"

　　"嗯，只能睡在一起，在一张床上。"

　　这种状况下再说要回去，就等于是在说，"做不了的话就没你的事儿了"，他怎么说得出口呢？

　　在关闭照明的房间里，和春香躺在同一张床上，正明合上眼，感受着对方的体温，尝试入睡。他的右手垫在她脖子下面，温存过后他们向来是这个姿势，左手不由自主地去到她胸前摸索。

"跟你说不行。"

正明听着早已睡熟的春香的呼吸声，在与亢奋的搏斗中整夜未眠。

背运的是，到了下周，步调不一致的状态仍在继续。

周二、周三、周四，连续三天两人都因时间不合无法见面，约好的晚餐不得不一拖再拖。不仅如此，周四晚上给春香去电话时，正明从她那儿得知了"不好的消息"：这周六日也见不到她了。

"之前不是和你说过爷爷住院的事吗？本来三月份就该出院的，结果到了现在也没能回家，还在伊豆的疗养中心养病呢。我爸妈说黄金周里路上太堵，准备提前去看爷爷。我那么喜欢爷爷，这次不能不去，对不起。"

"哦，这样，要不要我也一起——"

正明话说到一半，只听春香轻轻地笑了。

"抱歉抱歉，你要是去了，爷爷肯定会被气得犯了胃溃疡，还会说自己的宝贝孙女被虫子缠上了。"

"那好吧，周末我自己寂寞着，你去好好尽你的孝心吧。"

"对不起，上星期也是因为那个来了。下次见面的时候，我可以答应正明君一个请求。"

"此话当真？"

这倒是个意外的惊喜。

"可不是什么都行啊，你得拣我能做到的说。"

"遵命！"

然后，正明陷入了自我厌恶。他想起了町田寮仓持的房间。由于男人长年将禁欲生活强加于己身，虚妄的执念在那房间里徘徊。墙边成排的木雕，堆满壁柜的杂志，正明从中感受到了仓持对性非比寻常的执念。

然而自己不过禁欲十天，自制力便已丧失到如此地步。说到底，自己恐怕和仓持是一丘之貉，一旦剥下理性的外衣便会露出野兽的本性。

不能这样下去，必须把理性的表皮磨炼得更加"强韧"。

同晚，正明在宿舍的卫生间里碰到了纪藤。自从两人围绕着 Cherir 的美奈，关系变得微妙以后，正明不露声色地躲着纪藤，纪藤也有意识地回避正明，这种状态已经持续有一个月了。

表现得太过露骨难免令气氛尴尬，正明在两人之间隔出一个小便池。

"对了，里谷老弟，我得和你道个歉。"

纪藤冷不防冒出一句。

"哎，为什么？"

"之前不是和你借了本书吗，那书，让我弄丢了。"

原来是这件事，"哦……没事儿，算了，也不是什么值钱的书。"

"我记得那天和你借完了书，就直接带着它去了 Cherir，然后，从那里出来的时候没带在身上，应该是落在店里了。"

瞎说，打烊以后你去了美奈的公寓，明明是落在那儿了。

"那天我是认准了要让美奈子和我交往，结果不管我说什么她都不肯答应，我是醉得一塌糊涂，又没赶上末班车，醉得只好找了家酒店投宿。"

纪藤站在洗面池前，水流倾泻而下，他几乎没有沾湿双手，干搓了几下便拧紧了龙头。

"这都过去一个月了，那本书可能已经被她们处理了，但也不好说，没准儿有人还留着它。那个，你现在不是每天晚上从新宿路过吗，要不然你顺道去一趟？不喝酒也没什么，就跟她们说你是来取书的。"

纪藤走后，正明僵在洗面池前，镜中映出他的身影，却不入他的眼。

假如事情真如前辈刚才所言……

那本《二钱铜货·巴诺拉玛岛奇谈，及其他三篇》会出现在美奈的房间里，亦可解释为：美奈把前辈忘在店里的书带回了家。

美奈曾向正明吐露过心事，说她对纪藤抱有好感，但为了春香或许只能选择放弃。这份决心说不定真的被她贯彻到底了。

为了春香，也为了正明。

那天，那本书或许是被故意放在了一目了然的位置上，为了让自己产生误会。她知道那本是正明的书，纪藤在店里和她说的。她把它带了回去，可能是趁前辈不注意时偷偷藏了起来。为了能拥有正明，她给还保留童贞的正明"上了一课"，并利用了那本书，省得他余情未了。故意让自己看见那本书，让自己误以为前辈去过那间公寓，误以为她水性杨花。她将正明的爱情准确无误地推向了春香……

和美奈发生关系后，正明对自己发誓从此不再走进 Cherir，不再与美奈相见。美奈应该也期望如此。但只要自己有一颗强韧的心，和她见了面也不会怎样，无非就是小心一点，别把那天晚上的事挂在脸上。美奈陪自己买了戒指，还为自己"上了一课"，就连避孕用品也分给了自己——这一连串事情的结果，难道不该向她汇报一声吗？跟她说已经顺利地和春香上了床，也顺利地让她收下了戒指，如今每周都有两三个晚上彼此寻求着爱意，并以年内结婚为目标按部就班地进行着准备。

四月二十二日，周五晚上，正明时隔一个月再次来到了歌舞伎町。时间刚过七点半。

他走下四级台阶，站在公用电话前，确认过电话簿上的号码后拨通了电话。那个他曾经背得滚瓜烂熟的号码，如今已被他忘得一干二净。

"您好，这里是 Cherir。"

应答声与上次致电时出现的声音相同。

"呃，鄙姓里谷，请问美奈今天在吗？"

于是等了约五秒钟，一个听起来像是妈妈桑的声音暗暗说道："美奈她上个月已经不干了。"

"啊？"正明惊讶得说不出话来，但心里的某处又觉得这亦在情理之中。

"是里谷先生，对吧？是这样，美奈子留下一封信，我想把它转交给您，您今天能来一趟吗？"

"好的，其实我已经到楼下了。"

"那就请上来吧。"

正明在四层下了电梯，推开右手边的那扇门。

"欢迎光临！"

三个声音此起彼伏地说道。穿和服的妈妈桑在那儿，雪也在那儿，还有一个看着眼熟但叫不上名字的姑娘。店里似乎仍在准备，妈妈桑一个人走上前来。

"您是打算喝两杯，还是打算拿了信就走呢？"

"那就让我喝两杯吧，我的那瓶酒，还在这儿吧？"

"当然了！"

妈妈桑喜笑颜开地说。

"然后，我想和妈妈单独聊聊……"

正明小声请求说。

"好吧，今天换我来陪你！"

妈妈桑把正明领到客席，冲他使了个妩媚的眼神便转身离去了。对吧台里的女招待们低声指点几句后，她重新回来坐到正明身边，用手按着和服的袖兜说："信在这儿，最后再给你。"

言之有理。正明也不打算当着雪她们的面打开信笺。

待酒瓶、酒杯和冰桶预备齐全了，正明和妈妈桑碰了杯。

"想听您讲讲关于美奈的事……"

正明觉得是时候了，便切入了主题。

于是妈妈桑望着远去的日子说："起初，我记得是在去年的十月份，有一天她突然跑来店里跟我说'请雇用我吧'。"

"不是看了募集打工的广告，也不是听人介绍？"

"是呀，突然就跑来了，化着浓妆，但我一眼就瞧出来这姑娘底子不赖，还有那么一股知书达礼的劲儿，所以也没多问，当即拍了板。她说她没地方住，我猜她兴许是从家里跑出来的，就给她当了担保人，让她租了间房子。"

去过那间公寓的事不能让她知道，正明谨慎地点了点头。

"美奈学东西快，是个聪明孩子，和这儿的其他姑娘总保持着距离，但不像是因为清高，特意把妆化得那么浓，还粘个假痣子——"

"啊？"

他震惊了，不知能说什么。

"你不晓得？美奈这块儿的那颗痣，是假的。起初她跑来我这儿求我用她那会儿，没那颗痣，但等到了下个礼拜，她就开始粘了。戴那东西，应该也是为了让自己的模样显得一般吧。"

"等等，请等一下，有一次她给我看过驾照，当时证件照上的这个位置，确实是有痣！"

如果有痣的是半井美奈子本人，而前来应聘的是个长得和她一模一样但没有痣的姑娘……

并且从下一周起，没有痣的姑娘和有痣的姑娘——即真正的半井美奈子——调换了身份，不对，这么做没有意义，没有必要两人分饰一角……

正明大脑里一片混乱，妈妈桑却"呵呵"地笑了。

"不明所以了吧？你别看那照片里照得有痣，那其实是底版上粘的灰。美奈跟我说过，她是照着证件照里的模样戴的假痣，所以凡是看过那照片的人都以为那痣是真的。后来偶尔有那么几次，她到了店里才发现忘了戴痣，就赶紧去化妆间补上。"

"是这样吗？……"

然而心里一旦起疑，便一发不可收拾。美奈子有个孪生姐妹的事，妈妈桑并不知情，所以她才无条件地相信有痣和没痣的是同一人物，相信有痣的姑娘戴着假痣，而那颗痣是她配合相片上的污迹戴上去的。

但正玥不同，他知道春香和美奈子是一对相貌如出一辙的同卵型双胞胎。春香没有痣，但至于美奈……问题就出在这儿，她是"照灰添痣"呢，还是天生有痣呢？

话说回来，底版上的灰成了照片上的痣，真有这种事吗？深究起来处处是疑点。

所以说，Cherir的美奈是内田春香和半井美奈子两人分饰一角所创造出的虚构人格……

不对，这太荒谬了，不可能。春香突然跑来这种店里，说什么"请雇用我吧"，这太不现实了，不是一个住着自家名下高级公寓的大小姐会做出来的事，从地方跑来东京讨生活的姑娘才有可能这么干。没错，一开始出现的那个没有痣的姑娘就是美奈子。确定了这一点，整件事里便不存在什么有痣的姑娘，只有一个戴假痣的美奈子。

骤然间，正明觉得自己落入了可怕的陷阱，但是等混乱平复下来转念一想，假的只是颗痣罢了。

"那么她辞去工作后，现在怎么样了？"

"有些话不好借由我口，美奈要是想告诉你，过后给你的信里自然会写到，若是没写，就是不想让你知道了。信笺封得好好的，里面写了什么，我也不清楚。"

正明顾于情面添了杯酒，之后便早早结了账。电梯大厅里，妈妈桑当着来送行的女招待们的面，在把正明扶进电梯的瞬间将信掖进了他的衬衫口袋。

"太感谢您了！"

正明按捺着那颗焦急的心，朝着新宿四丁目——美奈的公寓迈出了步子。

由于白天降下的一场雨，路面上形成了片片水洼。走过寺院大门，巷子的左手边，夜空中浮现出那栋公寓楼熟悉的剪影。正明怀着忐忑的心情，踏上铁质的楼梯。外围走廊上七零八落的洗衣机，左右两旁把手交错呼应的扇扇房门，还有"二〇三"室门牌底下那张空白的名牌，一切都恍如昨日，意义却今非昔比，他有这种感觉。

等等，厨房的窗户上透着光亮，有人在家。

正明按下门铃。

"来了。"

男性低沉的嗓音说道。门很快开了，一个眼神凶煞的年轻男子一脸狐疑地打量着正明。男子异常高大，足有一百九十厘米，可能是高中生，也可能是刚入大学。

"请问您是哪位？"

"呃，不是找你，我有事找之前住在这里的人。"

"之前住这儿的人，是个女的吧？那都是什么时候的事了？"

    被一个明显比自己年幼的人用不恭不敬的口气，还俨然是一副"被女人甩了吧"的鄙夷态度质问着，正明瞬间摆出了剑拔弩张的架势，但意识到当前的形势，他收敛了。

    "最后一次来这里是在三月底，还不到一个月。"

    准确地说，已经超过了一个月，但凡事都要讲个气势。

    男子用鼻子哼了一声："我是个大学生，被报考院校录取后一直在找住处——四月份刚搬进来的，我记得三月十号那会儿，这里已经贴出了招租的告示。换句话说，那个时候，住在这里的人就已经通知房东准备月底退租了。还不明白？也就是说，三月底你最后一次来这儿的时候，那女的已经决定要搬走了。决定了，但是不告诉你。这意味着什么，懂吗？"

    任谁都看得出来，他这是在戏弄正明，并且乐在其中。不能给这种人看到自己动摇的样子。

    "这么晚，打搅你了。"

    正明拉着脸装绅士，多少保住些面子。他快步离开了公寓。

    拐过一个转角，眼前亮着一盏路灯，他掏出前胸口袋里美奈的信，读起来。

    谢谢你想起了我，
    保重。

                                        MINAKO

　　只有这么单单薄薄两行字，然而其中蕴含的情意却沉重得无法估量。用罗马字拼写的署名，显然是效仿了两人一起买的那对项链——正明那条却已被他丢掉了。

　　不经意间，一股热流温润了他的双眼，泪水旋即夺眶而出。

　　她已经下定了决心，在二月底时，不，在二月十日——自己第一次出现在店里的那天，她或许就已经做出了决定。

　　为了姐姐，自己留下来只会碍事。

　　想见你，那种感觉痛彻心扉，见到你，想和你说声对不起，想把你抱在怀里，想把时间补给你。

　　内田春香和半井美奈子，若扪心自问哪个重要，哪个都一样重要，然而自己对一方视如珍宝，对另一方却弃之如屣。

　　明后两天，春香将去伊豆探望疗养中的祖父，对正明来说，时间是有的。

　　去见美奈吧！

　　线索也是有的。正明从美奈那里看到驾照时，户籍所在地那一栏曾映入他眼帘，"秋田县仙北郡田泽湖町"那一行令他记忆犹新。

　　住址被锁定在了如此具体的范围之内，只要去到那里打听半井这个罕见的姓氏，一定可以找到那个生她养她的家。

　　走吧，去秋田！

　　翌日二十三号，星期六，正明一早出了门。他打包了些东西，准备在外头过夜。一路上，他在秋叶原换乘山手线，经由上野转至东北本线，再从大宫改乘东北新干线，历经四个半小时，到达了此次行程的终点——盛冈。他用一顿午饭打发掉等车的工夫，继续在田泽湖线上晃荡了四十分钟后，终于抵达了半井美奈子——同时也是内田春香——降生的地方，一座比想象中繁荣，人口也比想象中密集的小城镇。

出了车站，他正犹豫着去哪儿打听，发现眼前就有一家宅急便的营业厅，便走了进去。

"不好意思，想跟您打听一下，这附近姓半井的人家多吗？"

"半井……哪儿多呀，你这是要去半井家？"

"是啊。"

"兴许也有别的人家姓这个姓，但就我所知道的那户半井家呀——"

营业员亲切地从柜台里走出来，比画着给正明指路，说走不过五分钟有个住宅小区，半井家就在那儿。正明道过谢后离开了营业厅。

他迷了一次路，十分钟后找到了半井家。眼前是一栋二层小楼，格局类似于二十年前曾流行过的文化住宅。毫不犹豫地，他按下门铃，于是传来了中年女性的应答声。房门开启的那一瞬，正明心想，就是这里。

从门后走出来一位貌似四十多岁的中年女性，容貌明显与半井美奈子和内田春香有血缘相连。岁月虽逝，风韵犹存，想必二十几年后的春香和美奈子就是这种感觉吧？

"请问您找哪位？"

正明说明了来意，这令美奈子的母亲惊讶万分。

"请进来吧。"

正明被领到的是佛堂，美奈子的父亲正从里面走出来。

半井美奈子已经死了。

佛龛上摆着遗像，像上没有痣。那颗痣果然是底版上的污渍，她的母亲也证实了这一点。

正明从美奈子的双亲那里听到了许多，其中也包括"自杀"二字。美奈子是自行结束的生命。

正明在佛前上了炷香，随后便离开了半井家。

他不知今天是否赶得及回去，总之在田泽湖站乘上了田泽湖线。等到了盛冈站确认后，发现时间还足够返程。他在新干线上吃了铁道便当，之后在大宫和秋叶原相继换乘两次，于当晚十点回到了宿舍。

正明脑子里恍恍惚惚的，从走进田泽湖町半井家的那一刻起，就一直是这个状态。

美奈子已不在人世，得知了这个消息的自己却没有眼泪。

现实没能给自己留下迷茫的余地，留给自己的只有春香。

想到这儿，心里却依然是一片死灰。事情不应该是这样。

命运的齿轮是从何时开始疯狂，又或许它从未正常运转。

或许从与春香相遇的那一刻起，命运便注定要步向此方。

百思莫解……

终章　向北之翼

　　成田机场航站楼的三层，晚上七点多了，窗外已被黑暗完全包围。

　　此时正值年末繁忙期，连接第一卫星和第二卫星航站楼的大厅里人声鼎沸。办理完出境手续的旅客们络绎不绝地涌向各个登机口，而那些在登机前还有一段时间要等的乘客们，各适其所地留意着登机通知。并排坐在长椅上的乘客们当中，也有内田春香和纪藤和彦的身影。

　　"说实话，我还真想亲眼瞧瞧，在秋田那个——谁谁谁的家里，看到佛龛的那一刹那里谷老弟的反应。"

　　"不是谁谁谁，是半井！差不多该给我记住了吧，那可是我亲爸亲妈的家。"

大概是觉得周围没有熟人吧，两人肆无忌惮地高谈阔论起来。

"她为什么自杀，因为失恋？就是你的那个姐姐还是妹妹。"

"美奈子？当然和失恋受打击也有关系，但最直接的原因是交通事故。失恋了，自暴自弃开快车，和对面行驶中的车辆正面冲撞。因为系了安全带，脖子以下毫发无伤，可惜该着她倒霉，对面车上装的货物飞了过来，直接砸在了脸上。"

"哇……"纪藤眉头一紧。

"嘴部、腭骨、牙齿，十二处骨折，左眼好像还一度失明。总共接受了五次整形外科和脑神经外科手术，眼睛能看见了，面部骨骼也整得和原来差不多了，但是对于从小视颜如命的美奈子来说，那些每一处都是致命伤。最开始天天喊着想死想死，后来渐渐消停了下来，大夫们估计也松了口气，但是她肯闭嘴，为的就是看准时机动真格的，从医院楼顶上纵身一跃，the end。"

"原来如此，这些事当时都没听你说啊。"

"我那时候不是乱了阵脚嘛！"

说完，两人交换了一个微笑。

"你是什么时候知道的？自己不是内田家的闺女，而是秋田那个谁谁谁家的双胞胎之一。"

"是半井家。其实从很早以前我就在想，自己会不会不是这家人的孩子啊。咳，好多孩子不是都爱这么胡思乱想嘛，就和那个完全一样，所以连我自己都没有当真。但是就在我二十岁生日那天，美奈子打来了电话，当我在东京站见到她时，才发现那些空想原来确有其事。”

“看见眼前站着另一个自己，那得是什么心情。”

“长得一样也就算了，对方不但和自己是双胞胎，还说‘其实你是我爸妈生的’。后来我们就在私底下联系上了。”

“原来如此，在对这些内幕一无所知的情况下——”

“没错，我以富家千金的身份，出现在了和彦君与正明君面前。这两个男人都充满了男子气概，都是吸引我的类型，但是和彦君已经有了阿尚，所以我很自然地——”

“选了里谷老弟。要不是因为碰上了你这种女人，那家伙现在一定活得很幸福的吧。”

“正明君会变得不幸，不是因为遇见了我，而是因为遇到了美奈，因为看见松本先生抓着我的手腕说‘你是 Cherir 的美奈吧’，当时我又没戴假痣，化妆也是接近素颜，你要想，美奈那妆化得可是跟鬼一样！那老头子真不简单，居然把我给看穿了。”

“那时候，我还在和阿尚交往，而里谷老弟呢，第一次在店里遇到了美奈，发现了一个和春香长着同一张脸的女人。”

“当时，美奈把一切都告诉了正明君：自己是春香未曾谋面的孪生姐妹。这件事，本来是打算藏一辈子的，可是，没有血缘关系的两个人却长得一模一样，这样没法自圆其说，情急之下只好全盘托出了。"

"你是故意表现成了那样。"

"没错，全部都在美奈的计算之中。"

"后来，他在第二次去 Cherir 的时候也带上了我，不过那天美奈休息，所以到此为止我还没有遇见美奈。"

"再下一次，就是和彦君一个人来店里了，然后第一次见到了美奈。"

"我当时吓了一跳，但是美奈更害怕，把对里谷老弟说过的话，又对我复述了一遍，不过，我这一关可没那么容易混过去。"

"是啊，事情终究还是败露了，在 Cherir 上班的美奈，不是出生在秋田的半井美奈子，而是东荣大学的研究生内田春香。"

"我那会儿已经和尚美分了手，当然要出手了。东荣大学的内田春香也许高攀不上，但如果她在 Cherir 有一张叫作美奈的面具，那就另当别论了。谁叫你身上有个诱人的把柄呢。"

"我算好了和正明君结合的时机，没想到却被和彦君捷足先登了。"

"那次可真有意思，电话打过来的时候，我正好在里谷老弟的房间里。"

"巧归巧，但哪怕有万分之一的概率，我也不希望正明君起疑，还想把他继续蒙在鼓里呢，所以觉得这是个制造不在场证明的好机会，就让和彦君假装成了要去 Cherir 找美奈。"

"嗯，我当着里谷老弟的面给店里打电话，问：美奈子今天来了吗？因为不是出勤日，电话那头当然会说：她今天休息。于是我说'那我一会儿过去'，就挂断了电话，然后又向里谷老弟宣告说：我这就去说服美奈子。"

"两个小时后，我再从家里重新给正明君拨电话，这样一来，在目黑公寓里的我，还有在 Cherir 上班的美奈，在正明君看来就同时存在了。"

"而我当时也在目黑的公寓里。"

"和我谈什么购买属于自己的土地。和彦君说得实在太卖力气了，以至于我在和正明君打电话时，不小心说漏了嘴，用了类似的比喻。"

"想不到里谷老弟竟然完全没有起疑。"

"是啊，只有那次，连我自己都觉得做得过分了，心里有点可怜他，记得我还情不自禁地说了一句：正明君真是个好人。"

"他是什么时候发现的？本人是怎么说的？"

"就是在秋田，看到半井家的佛龛后，听我父母说：马上就快到一周年忌日了。"

没错，那时正明不禁怀疑起自己的耳朵。

半井美奈子大约在一年前就已经死了。若事实如此，Cherir

的美奈就只可能是春香一人分饰两角的结果。

霎时间，世界分崩离析。

仔细想想，能够证明内田春香和 Cherir 的美奈是不同人物的物证，只有一张以半井美奈子的名义取得的驾照。其余的全部，比如在被松本先生抓住手腕时春香的反应，或是正明突然出现在店里时美奈的反应——只要演技过硬，这些状况均可以蒙混过关。而那张作为唯一物证的驾照，能够证实的部分，也仅限于世间曾经存在过"半井美奈子"这个相貌雷同的姑娘，至于眼前的美奈是否就是半井美奈子本人则完全不足以为证。证件的持有者未必就一定是其取得者本人，逝者的姊妹将其作为遗物带在身上，这也是一种情况。

春香和美奈，在两人之间飘忽不定的自己的感情，到底算是什么呢？

还有美奈，她果然把身体许给了前辈，向前辈施展了浑身解数……

了解到事实的正明因嫉妒而发狂，逼问春香在自己与前辈之间如何取舍。

前辈知道自己和春香正越走越近，尽管如此，对三人关系的最终走向却静观其变。只要他心存嫉妒，就绝不可能做到这一步，而正明清楚，嫉妒心是爱情的表现。自己的爱情更胜一筹，与她父母见过一面的人也是自己，春香会选择谁一目了然。

尽管如此……

"自己是'强韧'的人，这句话正明君常挂在嘴边，结果，偏偏这样的人——"

"实际上最软弱，是吗？"

春香长叹一口气，无言地从长椅上站起来，缓缓走向可以眺望到 A 滑行道的一面大窗。她看似被机场的夜景所吸引。此时此刻的她在想些什么呢？与这个刚刚成为她丈夫的男人，即将前往的另一个国家的风景——会不会是在想这种事呢？

不清楚。春香在考虑什么，如今的正明已无从知晓。

话说回来，她为何要演绎出"美奈"这个不同的人格呢？有什么必要这样做呢？又为何要只身闯入陪酒接客的世界呢？时至今日，关于这个女人仍然有着太多无法说清道明的部分。

不过，这些都已经无所谓了。

对于正明来说，春香是一个"永远的谜"。她既是他"最初的爱人"，也是他的"第二任爱人"。但反过来说，自己又是春香的第几个男人呢？

正明绕到了她的视线前方。在这儿，她应该能够看见自己。他边想边等，然而她的表情却始终没有变化。

于是他发觉了自己的误算。此时此刻，在处于室内的人们眼中，玻璃窗已变成了一面镜子。

　　正明开始从窗外向室内移动。就在他通过玻璃窗的瞬间，春香的神情有了变化。

　　你果真在"看着"我呢。

　　对不起，我一直以为你骗我。

解说　円堂都司昭

　　说起乾胡桃的成名作，便是《爱的成人式》（*Initiation Love*）（2004）。成人式，即在长大成人的人生节点时举行的仪式，而关于《爱的成人式》，该作中的登场人物给出了如下解释：

　　初次体验恋爱时，谁都会认定这场爱情是绝对的。（略）但人们总有一天会明白，对于人来说，这世上没有什么是绝对的。明白了才算是长大了。让我领悟这个道理的恋爱，用他的话来说就是成人式。

　　话虽如此，就好像所有的孩子都必须经历风雨才能长大成人一样，并非所有的成人在"世上没有绝对的事"这一现实面前都能表现得心悦诚服。因为对初恋情人无法放手，最终沦为跟踪犯的例子也是有的。从这层意义上讲，《爱的成人式》是一本描写初恋危机的小说，但与此同时，它又是一本在结尾处（全书的倒数第二行）布置了意外展开的推理小说。

从作者近年来的作品，例如以旧书店店主兼书评家为主人公，并在连续短篇中插入其撰写的"推理小说导读"的《欢迎来到苍林堂旧书店》（2010）；或以某大学推理小说研讨会成员们对社团活动室内发生的离奇事件进行推理为内容的《嫉妒事件》（2011）都可以看出：推理小说狂热爱好者乾胡桃，正在向推理小说家乾胡桃转型。乾先生本人也以市川尚吾的名义发表过不少推理小说的书评。但与对推理小说"绝无二心"的书评家市川尚吾不同，小说家乾胡桃所发表的却是不拘泥于推理小说传统内容的作品。

《爱的成人式》的主人公是一位热爱《失控的玩具》和《十角馆事件》等推理小说的大学生，但该作既不谈及杀人，也不牵扯诱拐，讲述的只是这名大学生和牙科卫生员茧之间极其平凡而活灵活现的恋爱经历。然而读到最后，无人不对这部由精妙计算而构架出的反转结局的推理小说感到惊叹，无不赞叹其布局技巧之高超。

2010年发行单行本的《爱的告别式》（*Second Love*）可以看作是《爱的成人式》的姐妹篇。本作的主人公里谷正明在与家境优越的大小姐内田春香开始交往后，邂逅近了女招待半井美奈子。相貌过于相似的春香和美奈子，两人到底是什么关系呢？

是同一人物吗？尽管存在着这样的谜题，一般推理小说中常发生的犯罪情节果然还是没有出现。本作的故事焦点在于正明、春香和美奈子之间三角关系的去向，是一部恋爱色彩很强的作品。然而，本书在最后依然为读者们准备了惊异的结局。

本书的封皮上印有一枚小小的卡片，这表示本书应归为乾胡桃借塔罗牌之名发表的作品系列，《爱的成人式》为"The Lovers（恋人）"，《爱的告别式》为"The High Priestess（女祭司）"，《嫉妒事件》为"The Empress（女皇）"。作者以此种方式为小说添入了塔罗牌的寓意。这一系列作品的共通之处是都有天童太郎这位人物登场，但每部作品的故事之间并无直接联系。

《爱的告别式》并非《爱的成人式》的续篇。尽管如此，这两部作品之间的共同特征却举不胜举。首先，两个故事在最初都是以恋爱为主题，都属于在恋爱小说中展开的推理小说。

其次，《爱的成人式》以 80 年代后半为舞台，书中不但大量编入了当时的电视节目、噱头和流行元素，就连各个章节的标题也借用了七八十年代的歌曲及"新音乐（New Music）"的曲名，如《绵手帕》《红宝石戒指》和 *SHOW ME*，等等。

相映成趣的，书名取自中森明菜于 1982 年秋发表的著名民谣《第二段恋情》的本书，则是以东京迪士尼乐园开始运营的 1983 年为舞台，并同样书写出了那一时代的氛围。而章节标题中的《悠然之举》《二分之一》《黄昏到访》和《向北之翼》则

沿袭了中森明菜的单曲歌名《慢动作》《二分之一神话》《夕阳 –
黄昏时的来信》以及《北翼》。

　　进而，关于书中的人物名称，半井美奈子（NAKARAI
MINAKO）为中森明菜（NAKAMORI AKINA）罗马字拼写的
重新排列；相对应的，可以视作正明第一位恋人的内田春香
（UTIDA HARUKA）是宇多田光（UTADA HIKARU）的重新组合，
这大概是缘于宇多田光的著名单曲 *First Love* 吧。（宇多田本人
亦为 1983 年生人）如此一来，章节标题中的《身不由己》《梦
中有你》（原文直译为：为你痴狂）和《真心为你》，便不难让人
联想到宇多田光的 *Automatic*（同张单曲的 Coupling 曲目为 *Time
Will Tell*）、*Addicted To You* 以及 *For You*。除上述几例外，据说
书中仍然隐藏着大量类似的小玄机。

　　"爱"字头两部小说的舞台均选在了 80 年代的东京，这是
由于作者本人为 1963 年生人，在书中描写的年代与书中登场的
恋人们共同经历了二十几岁这段人生，对当时的氛围驾轻就熟。
在此缘由之上，为了使恋爱小说的故事与推理小说诡计同时成
立，舞台有必要选在一个移动电话尚未普及的年代。移动电话、
电子邮件、Skype，在这些廉价便捷的通信手段尚不存在的 80
年代，恋人之间只有通过固定电话来确认对方的所在，因回家
迟了而错过电话的状况时有发生。此外，如不将电话卡和零钱
准备妥当，利用公用电话时的通话亦无法长久。这种通信上的

不便性和错过电话的可能性，可以说是使得恋爱剧与推理剧神奇般同时上演的必要条件。

此外，这两部在最初都是以恋爱为主题的小说还有着另一个共同特征，那就是两位男性主人公——二十二岁的铃木和二十六岁的里谷——都是保守着童贞的、苦闷的初心者。在无法称为早的年纪迎来初体验的两位男性，都抱着"恋爱就等于结婚""与唯一的伴侣厮守"这样一种古风的观念。虽说古风，却对相亲结婚不做考虑，认为恋爱是理所当然的途径——这种心态恰好反映出了八十年代的风气。

《爱的告别式》中曾有过这样的场面：在滑雪场的餐厅里，正明看到春香随着松任谷由实的《恋人是圣诞老人》的旋律摆动身体。接连发表畅销单曲的由实在80年代曾被誉为恋爱教祖，而她的这首《恋人是圣诞老人》常被用在商业场合放送，使得该曲成了恋爱与商业相结合的象征。在商业层面上，恋人们去滑雪或是去海边游玩，互赠礼物，平安夜留宿酒店，就当时的社会风气而言，这些是被媒体和市场所推崇的消费行为。然而随着九十年代初泡沫经济的破灭，这样的社会氛围也逐渐萎缩消失不见了。

《爱的成人式》中的铃木和《爱的告别式》中的正明，在鼓励自由恋爱的时代浪潮中随波逐流，同时坚守着古风的恋爱观念。这种外界与自我之间的矛盾，使他们的自我意识变得模糊不清，而作者利用了这一点，将其转化成了推理小说的五里雾中。

　　围绕着恋爱与性的模糊自我意识，这一主题并不仅限于"爱"字头的两部小说，而是乾胡桃作品中的一个倾向。《嫉妒事件》的故事发生在《爱的告别式》一年后的 1984 年，但舞台始终没有离开大学推理小说研究会活动室的周边区域，在时代感相对淡薄的同时，充斥着大量面向推理小说狂热分子的话题。围绕"嫉妒"展开的事件，命名为"猥亵嫌疑"的第一章标题——该作中含有"爱"字头两部纯爱风格小说中所没有的不雅内容，但隐藏在书中人物行为动机背后的，依然是围绕着恋爱与性的模糊自我意识。可以说《嫉妒事件》是存在于两部"爱"背后的作品。

　　再者，便是早于单行本《爱的告别式》2010 年 9 月的发行日，于同年 7 月发表的 Sleep。相对于舞台设置在 1983 年这一过去时点的前者，后者是关于一位死后于 2006 年接受冷冻保存的少女，苏生于 2036 年这一未来年代的故事。在《爱的告别式》中，正明依靠驾照来确认美奈子的身份，而在 Sleep 中，通过静脉进行生体认证已变得稀疏平常，故事主要发生在一个由安保系统严密监控的研究所里。《爱的告别式》与 Sleep，两部设定迥异的作品，在描写男性缺乏异性经验的纯爱上却有着共通之处，而作为推理小说，它们在对惊愕真相的处理方式上也有着异曲同工之妙。还没有读过 *Sleep* 的读者们不妨一阅。

　　继 *Initiation Love* 和 *Second Love* 后，据说乾胡桃正在准备一部名为 *Triangle Love* 的作品。那将是一个怎样的故事呢？这的确令人充满了期待，但如果有什么是可以预测的话，那便是下一部作品的主题了。若借用中森明菜的《北翼》中的一句歌词来表现"爱"系列的主题，那便是——

Love Is The Mystery.

图字：01-2014-7671

图书在版编目（CIP）数据

爱的告别式／（日）乾胡桃著；丁楠译. —— 北京：现代出版社，2021.4

ISBN 978-7-5143-8961-6

Ⅰ. ①爱…　Ⅱ. ①乾…②丁…　Ⅲ. ①推理小说—日本—现代　Ⅳ. ①I313.45

中国版本图书馆CIP数据核字（2020）第246766号

爱的告别式

作　　者	〔日〕乾胡桃	
译　　者	丁　楠	
责任编辑	毕椿岚　王　羽	
出版发行	现代出版社	
通信地址	北京市安定门外安华里504号	
邮政编码	100011	
电　　话	010-64267325　64245264（传真）	
网　　址	www.1980xd.com	
电子邮箱	xiandai@vip.sina.com	
印　　刷	三河市宏盛印务有限公司	
开　　本	880mm×1230mm　1/32	
印　　张	8.5	
字　　数	154千字	
版　　次	2021年4月第1版　2021年4月第1次印刷	
书　　号	ISBN 978-7-5143-8961-6	
定　　价	45.00元	